KB063366

로크미디어가
유혹하는
재미있는 세상

ROK
MEDIA
로크미디어

하북팽가
검술천재

하북팽가 검술천재 17

2023년 7월 21일 초판 1쇄 인쇄
2023년 7월 26일 초판 1쇄 발행

지은이 이도훈
발행인 강준규

기획 이기헌 왕소현 임동관 박경무 강민구 조익현
책임편집 주현진
마케팅지원 이원선

발행처 (주)로크미디어
출판등록 2003년 3월 24일
주소 서울시 마포구 마포대로 45 일진빌딩 6층
Tel (02)3273-5135 Fax (02)3273-5134
홈페이지 rokmedia.com E-mail rokmedia@empas.com

ⓒ 이도훈, 2022

값 9,000원

ISBN 979-11-408-0817-5 (17권)
ISBN 979-11-354-7650-1 04810 (세트)

이도훈 신무협 장편소설

하북팽가
검술천재

17

차례

진정한 승자

비무대 아래에서는 구경꾼들의 웅성거림이 멈추지 않았다.

"사천당가에 저런 무사가 있었어?"

"그러게 말이야!"

"그런데 내가 아는 설산신녀는 사천당가의 무인이 아닌데 어떻게 된 일이지?"

"설마 가문을 속였겠어?"

그들의 대화는 묘한 방향으로 흘러갔다.

새로운 정보가 여기저기서 흘러나오자 위씨세가의 위지약은 고개를 갸웃했다.

비무를 포기한 당세령이란 여인도 처음 봤을뿐더러 지금

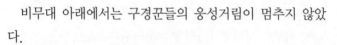

사천당가에 설산신녀란 소녀가 있다는 것도 들어 본 적이 없었다.

위지약이 입술을 달싹이며 오라비인 위지천을 바라봤다.

하지만 위지천은 벌써 자리에서 일어섰다.

그 모습에 위지약이 다급하게 외쳤다.

"오라버니!"

"내가 알아서 할 터이니 가만있어라, 지약아."

"말씀드릴 게……."

"다 알고 있다."

위지천은 고개를 끄덕이며 비무대를 향해 걸어갔다.

그가 걸어오는 모습에, 비무의 판정을 내리고 난 제갈공민이 고개를 갸웃했다.

첫 비무를 사천당가에서 포기하고 두 번째 비무를 사천당가가 이겼으니, 이제 마지막 대결을 펼칠 차례였다.

하지만 제갈공민이 아직 다음 참가자를 호명하기도 전이였다.

그런데 이렇게 급하게 올라왔다는 것은?

지금 끝난 비무에 대해서 할 말이 있음이 분명했다.

제갈공민이 낮은 목소리로 물었다.

"무슨 일인가?"

제갈공민의 표정은 싸늘했다.

제갈공민은 앞선 가문들의 선택에 찬사를 보냈다.

그들은 양보한 것이 아니었다. 누군가의 희생에 대한 경의를 보낸 것이다.

그 뜻이 하나로 이어진다는 것은 무림세가들의 단합을 뜻했다.

그런데 그것을 위씨세가가 산산이 부숴 놓았다.

무가지회에서 이루어야 할 최고의 목적인 '단합'을 위씨세가가 무너뜨린 것이다.

제갈공민의 싸늘한 표정에도 위지천은 표정의 변화가 없었다.

위지천은 제갈공명에게 살짝 고개를 숙였다.

"이번 비무를 빨리 진행하고 싶습니다."

"흠."

제갈공민은 눈을 가늘게 떴다.

자신의 예상과는 완벽하게 벗어난 것이었다.

제갈공민은 위지천의 눈을 바라봤다.

그의 눈빛에는 자신감이 묻어 있었다.

그것은 사실이었다.

위지천은 주위를 바라봤다.

설산신녀라는 아이가 사천당가의 소속인지 아닌지는 관계없었다.

남은 비무에서 자신이 승리하면 그뿐이었다.

더는 사천당가 쪽에 시선이 몰리는 것을 원하지 않았다.

위지천은 이미 사천당가 쪽에서 올라올 무인을 확인했다.

그는 자신도 모르게 입가에 미소를 피워 냈다.

상대는 길에 떨어진 볼품없는 돌멩이에 불과했다.

자신의 행보에 방해가 되는 돌멩이는 그냥 걷어차면 되었다.

청화라는 아이의 활약을 보긴 했지만, 아무리 봐도 무공은 자신의 동생인 위지약만도 못했다.

그렇다면 상대는 돌멩이가 아니라 지푸라기에 불과했다.

위지천의 득의만만한 모습에 제갈공민은 속으로 혀를 찼다.

제갈공민은 위지천을 불쌍하다는 듯 바라봤다.

청화는 누가 봐도 당무천 다음가는 독공의 고수였다.

중요한 건 그 독공의 깊이를 측정할 수 없다는 점이었다.

그런데 저리 만만히 보다니!

제갈공민은 고개를 가로저었다.

그것도 잠시, 그는 담담한 표정으로 외쳤다.

"다음 비무를 시작하겠소! 사천당가의 참가자는 비무대 위로 올라와 주시오."

제갈공민의 말에 청화가 비무대로 올라왔다.

청화는 이런 분위기가 어색한지 주위를 둘러봤다.

그 모습에 좌중들은 고개를 갸웃했다.

누가 봐도 비무의 경험이 없는 아이라 생각했기 때문이었다.

물론 그것은 사실이었다.

청화는 비무 경험이 없었다.

천독의 밑에 있을 때도 은밀한 작전을 위주로 적을 섬멸했지, 앞에서 이렇게 맞선 경우가 없었다.

청화의 심장은 쿵쾅대고 있었다.

앞에 우뚝 서 있는 건장한 체격의 무인, 즉 위지천을 두려워해서일까?

그것은 아니었다.

병장기가 허용되는 비무인 만큼, 사천당가의 특기라 하는 독과 암기도 사용할 수 있었다.

문제는 그 정도였다.

청화에게 가장 힘든 것은 힘 조절이었다.

공독지체라는 것은 독을 흡수하고 비워 내면서 점점 성장해 나가는 독인의 최고 경지였다.

청화는 그 그릇이 완성된 상태.

이제 독공의 절대적인 크기만 늘리면 되었다.

문제는 지금 상태가 그녀가 담아 놓은 독 기운을 비울 때가 되었다는 것.

만약 여기서 몸에 담아 놓은 기운을 모두 풀어놓는다면?

상대는 한 줌의 핏물이 될지도 몰랐다.

청화는 입술을 깨물며 조용히 읊조렸다.

"돌고 돌아 태극이니……. 최대한 부드럽게."

지금 그녀가 되뇌고 있는 것은 무당 태극권의 구결이었다.

누구나 알지만 아무도 그 정수를 깨치지 못했다는 무당의 기본 무공.

그녀가 이렇게 태극권의 구결을 되뇌고 있는 것은 현문의 충고 덕분이었다.

그녀는 비무 대회의 참가 여부를 알게 되자, 즉시 상대를 죽이지 않을 방법을 찾았다.

그때 현문이 나서서 태극권의 부드러움에 대해 조언했다.

강맹한 독 기운을 부드러움으로 다스린다.

이것이 청화가 이번 비무에서 이루어야 할 목표였다.

하지만 심장의 고동 소리는 점점 커졌다.

막상 부드러움으로 독 기운을 다스리려 하다 보니 익숙지 않았다.

과연 한빈이 옆에 있었다면 어떤 조언을 해 주었을까?

청화는 자신도 모르게 하북팽가의 무사들이 있는 곳을 바라봤다.

그곳을 바라보던 청화는 자신도 모르게 입을 벌렸다.

팽혁빈의 옆에 앉아 있는 사람은 분명히 한빈이었다.

청화를 바라보는 한빈은 입술을 달싹이고 있었다.

청화는 눈을 가늘게 뜨며 한빈의 입술에 집중했다.

분명 뭐라 말하고 있었다.

한참을 보던 청화가 눈을 크게 떴다.

한빈이 전달하려는 말을 해석했기 때문이다.

한빈은 분명 '죽여!'라고 말하고 있었다.

청화의 표정은 서서히 본래대로 돌아왔다.

이제 안정을 찾은 것이다.

청화에게 한빈은 믿을 수 있는 유일한 사람이었다.

그녀는 한빈이 죽지 않았을 것이라 확신했다.

그것은 바람이 아니라 믿음이었다.

그저 언제 나타날지가 궁금했었다.

그런데 자신이 가장 필요할 때 맞춰서 한빈이 나타나자, 이제 마음의 균형을 찾은 것이다.

청화의 변화무쌍한 표정을 보던 위지천은 슬쩍 미소를 지었다.

아마 지렸다는 표현은 저럴 때 쓸 수 있을 것 같았다.

사천당가의 다른 이가 나왔다면 이렇게 마음이 편하지 않았을 수도 있었다.

하지만 말라비틀어진 나뭇가지 꺾듯 한 손으로 제압할 수 있는 상대가 나오자, 자신도 모르게 얼굴에 감정을 드러낸 것이다.

그때 제갈공민의 외침이 비무대 위에 울려 퍼졌다.

"지금부터 위씨세가와 사천당가의 마지막 비무를 시작하겠소!"

그 외침에 위지천은 청화를 향해 천천히 걸어 나갔다.

터벅터벅.

한 발 한 발에 내공을 담아서 걷자, 비무대 위가 거대한 북이 된 것처럼 울렸다.

쿵, 쿵.

청화는 자신이 가두고 있던 독기를 줄기줄기 피워 냈다.

동시에 청화의 주변에 서늘한 바람이 돌기 시작했다.

그 바람은 바닥에 깔린 먼지와 낙엽을 담고 청화의 주변을 맴돌았다.

미세하게 흐르는 보이지 않는 기운에, 세인들이 웅성거리기 시작했다.

"저건 뭐지? 마치……."

"뭔가 도가의 기운이 느껴지는군."

그들의 말은 정확했다.

청화의 몸 주변에 미세하게 흐르는 기운은 태극의 묘리를 담고 있었다.

그때였다.

천천히 다가가던 위지천의 미간에 깊은 골이 생겼다.

누가 본다면 빗물이 고일 듯이 깊은 골이었다.

거기에 그의 걸음은 점점 느려졌다.

내공을 실어 걷던 그의 기세는 어디 가고 세찬 바람을 맞닥뜨린 것처럼 걸음이 느려졌다.

"저건 대체……."

그는 자신도 모르게 혼잣말을 뱉었다.

그는 거대한 기운을 느끼고 있었다.

그것은 십대세가의 대표들에게만 느낄 수 있는 그런 기세였다.

위지천은 그것이 청화가 내뿜는 기세라고는 생각지도 못했다.

위지천은 검을 뽑았다.

스릉.

검집을 바닥에 던진 그는 검을 양손으로 잡고 계속 앞으로 나아갔다.

하지만 묘하게 시야가 흐려지기 시작했다.

위지천은 흐릿하게 보이는 상대의 그림자에서 아비인 위상호가 기세가 느껴졌다.

순간 위지천은 이를 악물었다.

아비인 위상호는 위지천에게 넘을 수 없는 벽이었다.

몇십 년이 흘러도 넘을 수 없는 철옹성.

그런데 왜 상대에게서 그런 기세가 느껴진다는 말인가?

분명 이건 착각이었다.

그때였다.

위지천은 고개를 갸웃했다.

상대와의 걸음은 분명히 열 걸음 정도였다.

자신이 이제까지 상대를 향해 나아간 걸음은 오십 걸음도 넘었다.

순간 위지천의 머릿속이 아득해졌다.

비무대 아래에 있던 이들은 묘한 비무의 양상에 고개를 갸웃하며 수군대기 시작했다.

"지금 뭐 하는 거지?"

"그러게 말이야."

"왜 가만히 있지?"

그들이 보기에 위지천은 검을 굳게 잡고 자리에 서 있을 뿐이었다.

그렇다고 청화가 움직인 것도 아니었다.

청화는 원래 서 있던 그 자리에 아무렇지도 않게 서 있었다.

그들이 보기에 둘은 서로를 마주 보고 있을 뿐 아무런 행동도 하지 않았다.

모두가 둘의 모습에 의아해하고 있을 때였다.

위지천의 귓가에 전음이 들려왔다.

–양보하여라.

위지천은 그 음성에 정신이 번뜩 들었다.

그것은 자신의 아비인 위상호의 음성이었다.

전음이 머릿속에 울리자 위지천은 현재 상황을 똑똑히 볼 수 있었다.

자신이 상대의 기세에 갇혀 석상처럼 서 있었음을 말이다.

그때 다시 음성이 들려왔다.

-훗날을 도모하거라.

분명 자신의 아비인 위상호의 목소리였다.

위지천이 눈을 가늘게 뜨고 있을 때, 전음이 이어졌다.

-지금부터 내 이야기를 잘 들어라. 너는…….

전음을 이해한 위지천은 고개를 끄덕였다.

그는 입가에 묘한 웃음을 피워 올렸다.

그것도 잠시, 위지천은 앞으로 내민 검을 늘어뜨렸다.

툭.

검 끝이 바닥에 닿았다.

순간 위지천이 입을 열었다.

"내가 졌소. 우리 위씨세가도 하북팽가에 경의를 표하는 바이오. 다만, 젊은 혈기에 사천당가의 무공을 견식하고자 잠시 도의에 어긋난 행동을 하였소이다."

그는 청화에게 포권한 후 몸을 돌려 나갔다.

그 모습에 구경꾼들은 고개를 갸웃했다.

위씨세가가 마지막에 보여 준 모습이 이해가 안 되었기 때문이다.

하지만 어디선가 손뼉 치는 소리가 들렸다.

"그래, 역시 십대세가답군."

그 말을 시작으로 사람들은 모두 고개를 끄덕이기 시작했다.

"맞군. 그럼 사천당가가 비무에 올라간 것인가?"

"사천당가가 다음 대결의 승자와 자웅을 겨루면 이번 대회도 끝나겠군."

그 모습에 제갈공민은 헛웃음을 참았다.

군중들의 생각이란 그만큼 단순했다.

고개를 가볍게 흔든 제갈공민이 외쳤다.

"사천당가의 승리를 선언하는 바이오!"

그러고는 주변을 둘러보며 외쳤다.

"바로 다음 비무를 진행하겠습니다. 하북팽가와 산동악가는 비무대 위로 올라와 주시오!"

그 외침에 가장 당황한 사람은 팽혁빈이었다.

팽혁빈은 지금 어떻게 해야 할지 감도 잡히지 않았다.

다들 하북팽가에 경의를 표한 후 양보하며 비무를 포기하는 상황이었다.

저 위에 올라가서 어떤 행동을 보여야 할까?

상대의 포기를 순순히 받아들여야 할까?

여러 가지 변수가 그의 머리를 어지럽혔다.

어제 겪었던 아수라장만큼이나 팽혁빈은 머리가 어지러웠다.

그 상황에서 한빈이 나타나자 그의 혼란은 더욱 커진 것이다.

한빈의 숭고한 희생으로 인해 받은 양보였다.

그런데 한빈이 이렇게 멀쩡하게 돌아왔으니 앞에서 양보한 가문들은 뭐라고 할까?

걱정거리가 하나 더 늘어난 팽혁빈이었다.

그 모습에 한빈이 씩 웃으며 말했다.

"제가 올라가겠습니다, 형님."

"네가 올라가겠다는 건……."

"저 때문에 엉킨 상황이니 제가 푸는 게 맞을 듯싶습니다."

"흠, 그럼 부탁하마."

"네. 감사합니다, 형님."

한빈은 활짝 웃으며 자리에서 일어났다.

저벅저벅 비무대로 올라가는 한빈.

평소 입던 붉은 무복이 아니라 다른 무사와 같은 회색 무복을 입은 한빈을 알아보는 자는 아무도 없었다.

하지만 먼저 올라와 있던 산동악가의 악비광은 한빈을 바로 알아봤다.

"형님……."

그는 말을 잇지 못했다.

한빈이 검지를 입술에 갖다 대며 눈짓했기 때문이다.

한빈의 눈짓에 악비광이 재빨리 입을 막았다.

그 모습을 지켜보던 제갈공민이 고개를 갸웃했다.

사실 제갈공민은 안도의 한숨을 내쉬고 있었다.

어긋날 뻔했던 무림세가의 화합이 위씨세가 덕분에 겨우

제자리를 찾았다.

위씨세가의 위지천이 왜 양보했는지는 제갈공민도 모른다.

하지만 원래대로 돌아왔다는 것이 중요했다.

이제 산동악가가 하북팽가에 양보만 하면 모든 것이 끝난다.

하북팽가가 용봉지회의 우승을 차지하고 하북팽가에서 십대세가의 수장이 나온다.

이것이 제갈공민이 예상하는 훈훈한 마무리였다.

그런데 갑자기 산동악가의 악비광이 과상한 표정을 짓자 제갈공민은 자신도 모르게 놀란 것이다.

제갈공민은 고개를 갸웃한 채 반대편을 바라봤다.

뭐지?

제갈공민은 살짝 고개를 기울였다.

어디선가 많이 본 얼굴의 무인이 활짝 웃고 있었다.

설마…….

제갈공민의 가슴이 요동쳤다.

저건 분명히 하북팽가의 사 공자였다.

사 공자가 어떻게 저기에?

혹시 쌍둥이인가?

그럴 수도 있다고 생각한 것이, 어딘지 모르게 풍겨 나오는 분위기가 달랐다.

전에 한빈에게 느꼈던 분위기가 다소 가벼웠다면, 지금 앞에 있는 한빈을 닮은 사내는 묘하게 중후한 분위기를 풍기고 있었다.

일부러 기세를 피우지도 않는데 저런 중후한 분위기라니!

숨을 쉬는 것처럼 자연스러운 분위기를 피워 올리는 저자가 하북팽가의 사 공자?

맞는 것 같기도 하고 아닌 것 같기도 했다.

제갈공민은 일단 그의 무위를 보고 판단하기로 했다.

"자, 지금부터 비무를 시작하겠소."

짝.

제갈공민이 손뼉을 한 번 친 뒤 물 찬 제비처럼 뒤쪽으로 물러섰다.

휙.

순간 비무대 주위에서 울리는 함성.

와아!

그들도 비무가 이루어지지 않으리라는 것 정도는 알고 있었다.

분위기를 보니, 산동악가가 하북팽가에 양보하고 끝날 것이 분명했다.

그렇게 비슷한 상황이 계속되다 보면 자연스럽게 하북팽가가 수장의 자리에 오를 것이었다.

모두 그것은 그 나름대로 의미가 있다고 생각했다.

중소 문파의 사람들도 마찬가지였다.

중소 문파의 무인들은 위씨세가의 모습에 살짝 실망한 상태였다.

위씨세가를 제외한다면 십대세가의 수장을 맡을 가문으로 누가 가장 적합할까?

그들은 하북팽가라고 생각하고 있었다.

하북팽가 사 공자에 대한 마음의 빚 때문만은 아니었다.

십대세가 중에는 하북팽가가 가장 손실이 적었기 때문이었다.

그때였다.

비무대 위에서 변화가 일어났다.

한빈이 한 발 앞으로 나온 것이다.

동시에 악비광도 한 발 나온다.

악비광은 창을 앞으로 내미는 대신 창대를 바닥에 찍었다.

쿵.

상체를 기울이는 악비광.

누가 봐도 포권하려는 모습이다.

이것은 악비광의 진심이었다.

한빈의 생사와 관계없이 예를 표하고 싶었다.

사실 이전에는 한빈이 조금 얄미웠다.

하지만 암제를 끌고 동귀어진 한 한빈을 본 순간 그런 마음은 싹 날아갔다.

이제는 한빈에 대한 존경심만 남아 있는 악비광이었다. 악비광은 한빈이 무림세가를 위해 그렇게 희생을 할 줄은 몰랐다.

그때였다.

한빈의 목소리가 들려왔다.

"이번 비무를 포기하겠습니다. 강호를 어지럽히는 무리들과 맞서 싸우신 모든 무림세가를 위해 이 존경을 표하는 바입니다."

"헉."

악비광이 한숨을 터뜨렸다.

악비광이 눈을 크게 뜨고 있을 때, 한빈은 다시 몸을 돌렸다.

마치 공연이 끝난 예인처럼 동서남북 사방을 향해 포권했다.

비무대 아래는 서서히 끓어오르기 시작했다.

와아!

"역시 하북팽가다."

"가만히 있으면 무림세가의 수장이 될 기회를 저렇게……."

"하북팽가의 사 공자가 희생하는 것 봤잖아. 무공은 약해도 경공은 최고였어."

"아, 사 공자 얘기를 하니까……. 갑자기 가슴이 울렁이네."

"에휴, 죽은 사람은 잊어야지."

"인재를 잃었으면 이득이라도 챙겨야 하는데 저리 양보를 하다니, 역시 하북팽가일세."

비무대 아래의 끓어오른 분위기와는 달리, 악비광은 어찌할 줄 몰랐다.

"혀, 형님, 그건 제가 할 말인데 먼저 하시면 어떻게 합니까?"

"뭐, 아무나 먼저 하면 어때?"

한빈은 그게 뭐 대수냐는 듯 어깨를 으쓱했다.

그 모습에 악비광은 재빨리 주변을 둘러봤다.

그러고는 내공을 최대한 담아 외쳤다.

"산동악가도 비무를 포기하겠습니다! 하북팽가와 무림세가 여러분께 존경을 표하는 바입니다."

어찌나 내공을 담았는지 비무대 바닥이 울릴 정도였다.

순간 웅성거리던 이들이 고개를 갸웃하고 비무대를 바라봤다.

"지금 뭐라고 한 거지?"

"그러게……."

그들의 말에 악비광은 다시 내공을 담아 외쳤다.

"이 비무, 포기하겠습니다!"

그 말에 비무대 아래의 사람들은 고개를 끄덕였다.

"당연한 말을 왜 저리 심각하게 외치나?"

"산동악가의 악비광도 수고했네!"

"그래, 수고했다!"

그들은 아무렇지도 않게 악비광을 향해 외쳤다.

악비광의 이마에 깊은 골이 생겨났다.

멋지게 양보를 하고 사람들의 존경 어린 시선을 독차지할 계획이었다.

그런데 한빈 때문에 존재감이 없어졌다.

그때였다.

제갈공민이 비무대의 가운데로 왔다.

그는 슬쩍 한빈을 바라보며 고개를 끄덕였다.

분명 하북팽가의 사 공자였다.

그의 심장이 다시 쿵쿵 소리를 내며 뛰기 시작했다.

그때였다.

한빈이 고개를 갸웃하며 말했다.

"마무리 지으셔야죠, 군사님."

"아, 그렇군."

번뜩 정신을 차린 제갈공민이 고개를 끄덕였다.

제갈공민은 주변을 둘러봤다.

모두는 제갈공민의 판정을 기다리고 있었다.

모두의 시선을 받은 제갈공민이 중후한 목소리로 외쳤다.

"이번 승부는 둘 다 포기했기에 무승부요! 그럼 다음 비무 는……."

제갈공민은 말끝을 흐리며 본선에 오른 세가들이 적혀 있는 거대한 나무판을 바라봤다.

그곳에 남아 있는 승자는 사천당가밖에 없었다.

"대체 이걸……."

제갈공민의 눈동자가 쉴 틈 없이 움직였다.

그는 앞으로 일어날 경우의 수를 계산하고 있었다.

제갈공민의 선언을 들은 좌중들은 술렁이기 시작했다.

"잠시만, 그럼 우리가 건 판돈은 어떻게 된 거지?"

"그러게 말이야. 이번에는 판돈도 제법 크잖아."

말을 마친 무사는 주위를 둘러봤다.

그가 본 곳은 저 멀리 담장 쪽이었다.

그가 담장 쪽을 보는 이유는 무엇일까?

그 이유는 간단했다.

암제와의 격전 후 펼쳐진 이번 비무에는 내깃돈이 걸려 있지 않았다.

그것은 십대세가 대표들의 선언 때문이었다.

한빈을 추모하는 엄숙한 분위기 속에서 비무를 진행하기로 한 것이다.

그러나 그것은 사천당가 담장 안에서만 통용되는 이야기였다.

사천당가의 밖에서는 그 어느 때보다 더 큰 판돈이 쌓이고 있었다.

무림세가 사람들은 대부분 사천당가의 담장 밖에서 벌어지는 판에 돈을 걸고 온 상태였다.

담장 밖에서 벌어지는 내기 판의 중심에는 하오문이 있었다.

사천당가의 담장 너머에서 하오문이 직접 도박판을 펼친 것이다.

⁂

하오문에서 제법 무공이 뛰어난 무사 하나는 담장 위에 걸터앉아 멀리 보이는 비무대의 상황을 생생하게 전달하고 있었다.

하오문의 무사가 앞선 비무 결과를 전했다.

"무승부입니다. 둘 다 포기했습니다. 무승부!"

그 소리에 여기저기서 한숨이 흘러나왔다.

"휴, 뭔가 김이 빠지네그려!"

"그러게 말이야."

"그럼 우리 돈은 어떻게 된 건가?"

"승부를 맞힌 이가 없으니 다시 돌려받으면 되잖나."

"아, 그렇군. 어떻게 무승부를 예측할 수 있었겠나. 자네 말이 맞네. 일 할의 수수료가 아깝기는 해도 잃는 것보다는 낫지."

"그럼 판돈이나 돌려받으러 가세."

그들은 담장 구석에 설치된 그늘막을 바라봤다.

그곳에서는 하오문의 사천 지부장이 부채 하나를 들고 있었다.

하오문 사천 지부장의 이름은 백미랑.

사천에서 제일 유명한 기루의 주인이자 스무 개가 넘는 도박장을 운영하는 여인이었다.

다른 지역에서는 음지에 숨어 있는 하오문이지만, 사천에서만큼은 양지로 나와 있는 그들이었다.

그들은 어떻게 양지로 나오게 되었을까?

그것도 사천당가와 청성파, 아미파 등 정파가 득세하고 있는 이곳에서 말이다.

그것은 백미랑의 교섭 능력 덕분이었다.

정파든 사파든 친구로 만드는 데는 삼 일이 걸리지 않았다.

덕분에 그녀는 삼일랑이라는 별호를 가지고 있었다.

그녀가 이런 별호를 갖게 된 이유는 간단했다.

그녀는 본능적으로 상대가 좋아하는 것을 알고 있었다.

돈이 필요한 이에게는 돈을.

정보가 필요한 이에게는 정보를.

그녀에게 친구란 필요한 것을 주고받는 관계를 뜻했다.

필요한 것을 상대에게 던져 주고 나면 자신은 상대에게 항상 그 몇 배의 값어치를 받아 냈다.

지금도 사천당가의 아래에서 판을 펼치고 있지 않은가.

모두 사천당가의 원로들과 미리 협약된 사항이었다.

그녀는 그늘막에서 담장 아래에 모여 있는 사람들을 바라보며 부채질을 하고 있었다.

백미랑은 담장 위에 앉아서 소식을 전하는 무사에게는 눈길도 주지 않았다.

승부는 누가 이기든 중요하지 않았다.

그녀에게 필요한 것은 수수료였다.

백미랑은 이제까지 최대한 투명하게 판을 벌이고 투명하게 정산했다.

덕분에 백미랑이 관리하는 하오문은 양지에서 활동할 수 있었다.

백미랑이 주변을 둘러보자, 그녀를 바라보던 사내들이 재빨리 고개를 돌린다.

그녀는 대낮인데도 어깨선이 살짝 드러난 상의를 걸치고 있었다.

그녀가 부채를 한 번 부칠 때마다 상의가 살짝 들썩인다.

보일 듯 말 듯 한 그녀의 하얀 피부.

사람들은 백미랑을 바라보며 마른침을 삼켰다.

그러다가도 백미랑과 시선이 마주치면 슬쩍 고개를 돌리는 사내들이 대부분이었다.

백미랑은 그들의 시선을 즐긴다는 듯 부채질의 강도를 조절하며 은은한 미소를 짓고 있었다.

그때였다.

백미랑이 부채를 접었다.

탁.

그러고는 눈매를 좁히며 상황을 살폈다.

그에 맞춰 수하 하나가 달려왔다.

"지부장님, 비무가 모두 끝났습니다."

"그래? 마지막은 하북팽가가 이겼겠네. 투쟁 없는 승리는 조금 시시하지. 꼭 주인 없는 꽃에 벌이 날아드는 것만큼 매력이 없어."

"그, 그게 아니라……."

"뭔데? 빨리 말해 봐."

"하북팽가도 비무를 포기해서 무승부가 되었답니다."

"그러면 다음 비무는 없는 건가? 이제 철수해야겠네. 나는 먼저 가 볼 테니까. 장 호위는 사람들에게 수수료 떼고 돈 돌려주는 거 확인하고 쉬어. 참, 사천당가와 위씨세가는 승부가 났으니 그쪽은 정산을 해 줘야겠지."

"그게 아니라, 무승부를 맞힌 자가 있습니다."

"뭐야? 몇 번째 비무를 맞힌 거야?"

"무승부가 만들어진 비무까지, 모두 맞혔습니다."

"앗."

백미랑이 눈을 크게 떴다.

그것도 잠시, 그녀는 재빨리 손을 내밀었다.

"장부 줘 봐."

"여기 있습니다."

장 호위는 백미랑에게 장부를 건넸다.

장부를 건네받은 백미랑의 눈이 한계까지 커졌다.

승부의 결과를 맞힌 자가 한 명이었기 때문이다.

"대체……."

백미랑의 목소리가 살짝 떨렸다.

장 호위는 그런 백미랑을 바라보며 표정을 굳혔다.

하오문의 사천 지부장 백미랑이 이렇게 당황한 것은 처음 봤기 때문이다.

모든 비무가 끝난 비무대 아래.

그곳에는 십대세가의 구성원들만이 남아 있었다.

제갈공민은 아직도 멍하니 무림세가의 이름이 적힌 출전 표를 바라보고 있었다.

이게 어떻게 된 일인지 감이 안 잡혔다.

십대세가의 대표들이 조용히 서로의 눈치를 보고 있을 때였다.

그곳에서 백 걸음 정도 떨어진 전각 아래에 후기지수들이 모여 있었다.

십대세가 대표들이 풍기는 분위기와는 다르게 이곳은 활기가 넘치고 있었다.

물론 그들이 이렇게 활기를 띠는 것은 한빈이 살아 돌아왔기 때문이다.

악비광은 비무대 위에서부터 시작해서 지금까지, 계속 한빈과 마주 보고 있었다.

당황한 표정은 한빈을 처음 마주했던 비무대 위에서의 표정 그대로였다.

창을 쥔 채 악비광이 외쳤다.

"대체 어떻게 된 겁니까? 형님!"

"비광아, 너는 그 창 좀 놓고 얘기해라. 비무대에서부터 잡고 있던 창으로 누굴 죽이려고 그렇게 꽉 잡고 있어?"

"아, 죄송합……."

악비광은 재빨리 창을 수습했다.

그때 광개도 얼굴을 들이밀며 말했다.

"아니, 왔으면 미리 말 좀 해 주지."

"광개는 일단 씻고 오고."

"허허."

그들의 모습을 멀리서 바라보던 현문은 고개를 끄덕였다.

무당파의 현문도 제갈공민과 마찬가지로 한빈의 분위기가

바뀐 것을 느꼈다.

사실 그 점 때문에 살짝 고민했었다.

하지만 지금 대화를 들어 보니 한빈은 역시 한빈이었다.

현문의 옆에 누군가가 소리 없이 앉았다.

현문은 슬쩍 고개를 돌렸다.

그는 매화검협이라 불리는 서재오였다.

서재오가 조심스럽게 입을 열었다.

"현문 어르……."

그의 말이 끝나기도 전에 현문이 손을 들었다.

"그냥 선배라고 부르게."

"앗, 배분이 있는데 어떻게……."

"어차피 팽 공자와 엮인 사이 아닌가? 자네가 먼저 엮였으니 어찌 보면……."

"그런 말씀은 하지 마십시오. 그럼 선배님이라 부르겠습니다."

"그렇게 하게."

"현문 선배님, 그런데 저 사람이 팽가의 사 공자가 분명합니까?"

"분명하네."

"그런데 뭔가 이상합니다. 아까 비무대 위에서 보여 줬던 분위기도 그렇고. 전과는 다른 것 같습니다."

"나도 비무대 위해서 보여 줬던 묘한 분위기를 알고 있네.

마치 다른 사람 같더군."

"다른 건 다 이해하지만 비무대에서 팽 공자가 보여 줬던 행동은 이해가 안 됩니다."

"행동이라……."

"네. 예전의 팽 공자였다면 그렇게 하북팽가가 십대세가의 수장이 될 기회를 걷어찼을까요? 얼마 전까지만 해도 제게 악랄하게……."

서재오는 말끝을 흐리며 당황한 듯 손을 내저었다.

멀리서 한빈이 쏘아보고 있었기 때문이다.

서재오는 순간 등골이 오싹했다.

어쩐지 전과 달라진 것이, 분위기만은 아닌 것 같았다.

그 모습에 현문이 말을 이었다.

"깨달음을 얻었나 보군."

"귀가 밝아진 게 어떻게 깨달음입니까?"

"하하, 그거 보게. 하나도 안 변하지 않았는가?"

"뭐가 변하지 않았단 말입니까? 분명 아까 비무대에서 승부를 양보하는 모습은 전에는 못 보던 모습입니다. 어떻게 맹수가 바로 앞에 있는 먹이를 놓칠 수 있겠습니까?"

그때였다.

서재오의 뒤쪽에서 검은 그림자가 나타났다.

반사적으로 고개를 돌린 서재오는 눈을 크게 떴다.

그곳에는 한빈이 웃고 있었다.

한빈과 서재오의 사이에서는 잠시 침묵이 맴돌았다.

그것도 잠시, 한빈이 의미심장한 표정과 함께 말을 이었다.

"사실 그건 탐낼 만한 먹이가 아니었어요, 서 대협."

"팽 공자, 그게 무슨 말인가?"

"십대세가의 수장 말입니다."

"지금 날 놀리는 건가? 팽 공자, 십대세가의 수장이 어떻게 먹이가 아니라는 말인가? 십대세가라면 누구든 노리는 것이 바로 그 자리 아닌가?"

"그건 빼먹을 게 있을 때고요. 지금은 상황이 바뀌었죠."

"상황이 바뀌었다니?"

"주위를 돌아보십시오, 서 대협."

한빈은 주위를 둘러보며 말했다.

서재오도 한빈의 시선을 따라 주위를 살폈다.

서재오는 한빈이 무슨 말을 하는지 알 것도 같았다.

황폐해진 사천당가.

문제는 사천당가뿐이 아니었다.

대부분의 무림세가에서 배신자들이 나왔다.

지난 싸움에서 무림세가가 살아남았다는 것은 다행이었지만, 문제는 그다음이었다.

그 표정을 본 한빈이 말을 이었다.

"서 대협이 생각하시는 게 맞아요. 이제부터 한 오 년 정도

는 회복의 시간을 가져야 합니다. 그 짐을 가장 앞에서 짊어
져야 하는 게 바로 십대세가의 수장이고요."

"허, 그 정도면……."

"일단 저는 관심 없습니다."

"그럼 그 자리에 어느 가문이 올라야 한다고 생각하는가?"

"지금 저곳에서 회의하고 있지 않습니까?"

한빈은 십대세가 수장들이 있는 곳을 가리켰다.

한빈이 가리킨 곳에서는 십대세가의 대표들이 아직도 서
로의 눈치를 보고 있었다.

정확히는 구대세가였다.

십대세가 중 위씨세가는 슬그머니 자리를 떠나고, 나머지
아홉 개의 가문만이 자리하고 있었다.

제갈공민이 주위의 눈치를 보다가 슬그머니 입을 뗐다.

"비무는 이렇게 무산되었으나, 일단 십대세가의 수장은 정
해야겠습니다."

"어느 가문이 좋겠소?"

남궁장천이 눈을 가늘게 뜨고 묻자, 제갈공민이 하북팽가
의 팽대위를 바라보며 답했다.

"아무래도 하북팽가가 좋겠습니다. 어떠십니까? 팽 대협."

"하북팽가는 아직 부족합니다."

"음."

제갈공민은 살짝 침음을 삼켰다.

그 모습에 팽대위가 말을 이었다.

"비무 대회는 무산된 것이 아닙니다. 사천당가만이 결선에서 승리를 거두지 않았습니까? 그리고 나머지 가문은 비무를 포기했으니……."

팽대위는 사천당가의 가주인 당무천을 번갈아 보았다.

순간 모두의 시선이 당무천에게 모였다.

그때 남궁장천이 말했다.

"그 말이 맞는 것 같습니다. 용봉지회의 승자는 사천당가입니다."

"음."

당무천이 낮게 신음을 흘렸다.

그 모습에 남궁장천이 물었다.

"왜 그러십니까?"

"우리 사천당가가 하북팽가의 자리를 뺏는 것 같아서 걸리는군. 하북팽가의 사 공자가 살아 돌아왔지만, 모든 무림세가가 그에게 빚을 진 것은 맞지 않나? 그렇다면 응당 하북팽가가 십대세가의 대표가 되는 것이 맞다고 보네."

당무천의 말에 팽대위가 재빨리 앞으로 나왔다.

"그건 걱정하지 않으셔도 됩니다. 우리 한빈이도 사천당가가 수장 자리를 맡는 것이 당연하다고 했습니다. 그것이 이치에 맞기도 하고요. 게다가 우리 하북팽가는 지금 그럴 여력이……."

팽대위가 살짝 말끝을 흐리며 주변을 둘러봤다.

모두가 마른침을 삼키며 자신을 보고 있자, 팽대위도 헛숨을 삼켰다.

지금 그가 하는 말은 모두 한빈의 머리에서 나온 것이다.

처음에는 의아했다.

죽음의 문턱에서 돌아오더니 정신이 없어 헛소리하는 것이라고 생각했다.

그도 그럴 것이, 십대세가를 대표하는 수장의 자리가 어떤 자리인가?

구대문파에서도 무시 못 할 자리였다.

무림세가 하나만 놔두고 본다면 거대 문파와 비교할 수는 없다.

하지만 구대문파와는 머릿수가 달랐다.

무공을 쓰는 가문이 모인 것이 무림세가 연합이고.

무림세가 연합의 중심이 십대세가였다.

그 십대세가의 머리가 되라는 건데 그걸 마다할 사람이 어디 있는가?

책임도 막중하지만 그 권한도 막강했다.

하지만 한빈의 다음 행동에 팽대위는 고개를 끄덕일 수밖에 없었다.

한빈은 의아해하는 팽대위의 앞에 서약서를 꺼내 놓았다.

생각해 보니 팽대위도 손도장을 찍고 사천당가 아래에 있는 비밀 통로를 지났었다.

무림세가의 대표 중 서약서에 손도장을 찍지 않은 자는 없었다.

팽대위는 서약서의 내용을 보고는 숨이 넘어가는 줄 알았다.

그 서약서 자체가 십대세가의 수장이 가질 권한이었다.

책임은 없지만, 권한은 주장할 수 있는 것이 바로 그 서약서였다.

그 서약서만 있다면 하북팽가가 십대세가의 수장 자리에 오를 필요는 없었다.

단지, 믿을 만한 가문에게 넘겨주면 되었다.

잠시 상념에 잠겼던 팽대위는 당무천의 재촉에 정신을 차렸다.

"빨리 말해 보게."

"당분간은 한빈의 치료에 전념해야 합니다."

"그게 무슨 말인가?"

당무천의 눈이 한없이 커졌다.

옆에서 지켜보던 황보만청도 다급하게 끼어들었다.

"사 공자에게 무슨 일이 생겼단 말인가?"

"허허, 빨리 말해 보게."

산동악가의 악소천도 재촉했다.

모두가 닦달하자 팽대위가 입을 열었다.

"심각한 상처를 입었습니다. 자칫하면 무공을 영원히……."

여기까지 말한 팽대위는 후기지수와 어울리고 있는 한빈을 바라봤다.

그러고는 다시 말을 이었다.

"살아난 것만 해도 천운이지요."

그의 말에 당무천의 눈빛이 살짝 떨렸다.

그것도 잠시, 그는 조심스럽게 팽대위를 바라봤다.

"사 공자를 내가 직접 봤으면 하네."

"네, 알겠습니다."

팽대위는 천천히 몸을 돌렸다.

그러고는 후기지수와 어울리는 한빈을 바라봤다.

사실 지금 한 말도 한빈이 전하라고 한 것이었다.

잠시 후.

한빈은 십대세가의 대표들 앞에 섰다.

그들은 걱정스러운 눈빛으로 한빈을 바라봤다.

한빈이 살아 돌아왔을 때는 환호했지만, 그의 상태가 좋지 않다고 듣자 걱정이 앞선 것이다.

그 정도로 그들은 한빈에게만큼은 진심이었다.

이번 일도 일이지만, 이 중 한번과 직간접적으로 관계가 없는 가문은 없었다.

당무천은 한빈을 바라보며 조심스럽게 말을 이었다.

"무슨 일인지 말해 줄 수 있겠나?"

"별일 아닙니다. 아래에서 갇히면서 중상을 입었습니다, 어르신."

"허허, 나를 치료해 준 것이 자네인데……."

순간 모두가 웅성대기 시작했다.

황보만청은 눈을 동그랗게 뜨며 말했다.

"허, 그게 진짜였군."

"그 소문이 사실이었어. 어린 나이에 그런 의술을 익히다니."

악소천도 의미심장한 눈빛으로 한빈을 바라봤다.

그때였다.

한빈이 오른쪽 소매를 걷었다.

갑작스러운 행동에 모두가 고개를 갸웃했다.

팽대위도 한빈이 왜 이러는지 몰랐다.

심각한 부상을 당했다고 전하라 했지만, 그가 보기에 한빈은 멀쩡했다.

갸웃하던 고개가 멈추고 모두는 눈을 크게 떴다.

"이, 이게 대체……."

당무천이 화들짝 놀라며 한빈의 오른팔을 가리켰다.

한빈의 오른팔에는 혈선이 거미줄처럼 그려져 있었다.

자세히 보면 그린 것이 아니라, 흉터처럼 팔을 감싸고 있음을 알 수 있었다.

문제는 그 정도 상처라면 근맥이 상했음이 분명하다는 것이다.

그들의 표정을 확인한 한빈이 말을 이었다.

"모든 것이 운명인 것이지요."

"자세히 말해 줄 수 있겠나?"

"암제를 유인하고 저는 미리 묻어 놨던 폭약을 터뜨렸습니다."

"그건 우리도 알고 있네."

"저는 운 좋게도 미리 준비한 관 속에 들어가서 횡액을 피할 수 있었습니다. 하지만 그 열기에 버티지 못하고 그만……."

한빈은 고개를 들어 하늘을 바라봤다.

그것도 잠시, 한빈은 다시 당무천에게 시선을 돌렸다.

"무림세가를 구할 수 있었으니 다행입니다. 당분간은 힘쓰는 일은 못 할 것 같습니다. 다만, 제 머리라도 필요하시다면 언제든 돕겠습니다."

"허허, 하늘이 내린 인재로다."

당무천은 한빈을 보며 미소를 지었다.

한빈은 자신의 부상을 확인시켜 무림세가의 대표들에게 다시 한번 빚을 상기시켰다.

한빈은 소매를 내리고 천천히 그들의 표정을 확인했다.

모두가 안타까운 표정으로 한빈의 팔을 바라봤다.

한빈도 자신의 소매를 바라봤다.

그들에게 부상을 입었다고 한 것은 거짓이었다.

오른팔에 돋아난 혈선은 용린검법이 알려 준 신검합일의 결과였다.

처음에 한빈은 신검합일이라는 네 글자를 그저 추상적인 의미라 생각했다.

몸과 검이 하나가 되어 움직이는 초식일 것이라고.

하지만 추상적인 의미가 아니었다.

말 그대로, 용린검이 한빈의 오른팔에 흡수되었다.

용린의 기운을 흡수해서 내공을 만들고 용린의 흔적을 찾아서 초식을 만드니, 용린검이 몸에 흡수되었다는 것이 이상한 것은 아니었다.

오른팔에 흡수된 용린검 덕분에 땅속에서 나올 수 있었으니 그 힘은 확실했다.

오른팔에 흡수된 용린검.

하지만 그 형태가 문제였다.

아무런 해명 없이 이 팔을 다른 이가 보게 된다면 마공을 익혔다느니.

전염병에 걸렸다느니 하는 오해를 받을 수도 있는 일이었다.

다행인 것은 이 혈선이 시간이 가면 갈수록 옅어진다는 것이었다.

신검합일이라?

한빈은 그 당시 상황을 머릿속에 떠올렸다.

한빈은 암제와의 승부를 결정지은 후 재빨리 적혈맹호대가 짊어지고 왔던 관으로 몸을 숨겼다.

그 관은 하북의 명장 정철민의 작품.

지축을 울리는 거대한 폭발에도 온전히 몸을 보전할 수 있었다.

사실 한빈이 관에 들어갔던 것은 또 하나의 기연이 되었다.

관에 들어간 후 시작된 신검합일의 과정.

한빈은 신검합일의 과정 중 깨달은 사실이 하나 있었다.

인간이 받아들일 수 있는 용린검은 극히 일부라는 것이다.

한빈이 일부를 받아들이고 나면 나머지 조각은 강호로 흩어질 터였다.

하지만 관 안에 한빈이 들어가 있었기에 모든 기운을 흡수

할 수 있었다.

검을 흡수하고 화룡편, 즉 검집의 기운만 남은 상태.

그때 뜨거운 기운이 한빈이 누워 있던 관을 덮쳤다.

덕분에 관은 가마솥이 되어 버렸다.

밥을 지어 본 적이 있는 강호인이라면 이해할 것이다.

솥의 뚜껑이 얼마나 잘 밀착되어 있느냐에 따라 밥맛이 달라지는 것을 말이다.

한마디로 한빈은 솥 속의 밥이 된 것.

팔에 남아 있는 혈선이 바로 화룡편의 흔적이었다.

신검합일로 흡수된 용린검의 흔적은 어디에 있을까?

용린검은 완벽하게 흡수되어 한빈과 하나가 되어 있었다. 용린검이 한빈에 피에 흐른다고 보면 간단했다.

덕분에 한빈은 몸에 잠든 용린검을 언제든지 검기처럼 형상화시킬 수 있었다.

그 용린검을 이용해서 그곳을 탈출하게 된 것이었다.

땅속에서 탈출한 한빈은 모습을 드러내지 않고 무가지회에 참가한 가문들을 관찰했다.

그 결과, 그들이 비무대에서 취할 행동을 알 수 있었다.

한빈이 가장 유심히 본 가문은 역시 위씨세가였다.

전생에 마지막까지 악연을 이어 가던 가문이 위씨세가였기 때문이다.

위씨세가는 암제와의 대결에서 그의 편에 서지 않고 마지막까지 무림세가의 편에 섰었다.

배신을 하지는 않았지만, 한빈은 전생의 기억이 있었기에 의심 가득한 눈으로 그들을 관찰했다.

짓지도 않은 죄를 벌할 만큼 한빈은 악당이 아니었다. 그렇다고 전생의 악연을 잊을 만큼 성인군자도 아니었다.

그렇다면 한빈은 어떤 눈으로 위씨세가를 바라보고 있을까?

한빈이 바라보는 위씨세가는 잠재적인 무림 공적이었다.

한빈은 뒤통수가 근질근질한 채 평생을 살아갈 자신이 없었다.

그들이 죄를 지을 때까지 기다리든지, 죄를 짓게 만들면 그뿐이었다.

한빈이 심각한 부상을 입었다는 것도 그 포석 중 하나였다.

아마도 몇 가지 미끼를 더 뿌리고 나면 위씨세가가 아니더라도 남은 잔당이 그물에 걸려들 것이 불 보듯 훤했다.

그때였다.

한빈의 왼쪽 다리가 따끔거리기 시작했다.

아직까지 흡수되지 않은 화룡편의 기운이 욱신대는 것이라고 생각한 한빈은 고개를 갸웃했다.

다리에 통증이 올라오는 것이 이상해서였다.

'아, 그렇지!'

한빈은 속으로 탄성을 질렀다.

한빈은 재빨리 왼쪽 다리를 어루만졌다.

한빈은 땅속에서 탈출한 뒤 이상한 현상을 목격했다.

그것은 왼쪽 다리에 꽂아 넣은 두 개의 단검이 서로를 밀어 내는 것이었다.

두 개의 단검이란?

하나는 좌혈랑검이었고 다른 하나는 만월이었다.

한빈은 그곳을 탈출하며 평범한 단검이 되어 떨어져 있는 만월을 주워 다리에 꽂아 넣었다.

뭐, 단검에 또렷하게 새겨져 있는 '만(卍)'이란 글자를 확인하지 못했으면 그것이 암제가 쓰던 만월인지는 몰랐을 것이다.

그렇게 획득한 만월은 묘하게 좌혈랑검과 반응했다.

신기한 것은 항상 밀어 내는 것은 아니라는 점이다.

그 현상이 신기하기에 계속 좌혈랑검과 만월을 붙여 놓은 상태였다.

서로를 밀어 내다 보니 검 끝이 다리를 살짝 찌른 것이 분명했다.

겉으로 두 개의 단검을 정리하고 있자, 주변의 시선이 한빈에게 모였다.

당무천은 안타까운 눈빛으로 한숨을 내쉬었다.

"후."

제법 큰 한숨 소리에 한빈은 상념에 깨어나 그를 바라봤다.

"왜 그러십니까? 어르신?"

"혹시, 다리도 불편한가?"

"그 폭발 속에 멀쩡한 곳이 어디 있겠습니까? 하지만 염려 마십시오."

"그게 무슨 말인가?"

"강호를 위해서 이 한 몸 희생한 것이니 괜찮습니다. 아니, 오히려 기뻐해야 하는 상황이지요."

"허허."

당무천은 허탈하게 웃었다.

그것은 웃음이 아니라 안타까움의 탄성이었다.

그와 비슷한 탄성이 동시에 여기저기서 터져 나왔다.

모두 안타까운 눈빛으로 한빈을 바라보고 있었다.

제갈공민도 마찬가지였다.

차라리 한빈이 목놓아 운다면 한결 나을 것 같았다.

그런데 한빈이 저렇게 아무렇지 않게 강호를 위해서라고 말하자, 마치 죄인이 된 기분이었다.

한빈이 희생해서 무림세가를 지킬 동안 자신은 무엇을 하고 있었던가?

당무천도 마찬가지였다.

한빈에게는 생각지도 못한 은혜를 입었다.

거기에 마지막에는 몸을 희생해 적을 묻어 버렸다.

한빈이 살아 돌아오자 한때나마 그 마음의 빚이 살짝 가벼워졌었다.

하지만 지금 한빈의 발언으로 그 빚의 무게는 몇 배로 늘어났다.

그것도 잠시, 당무천은 조용히 한빈을 바라봤다.

은근한 눈빛에 한빈이 물었다.

"혹시 더 하실 말씀이 있으신지요?"

"내가 팽 공자의 치료를 맡으면 어떨까 하네."

"아닙니다. 지금 제 상태는 전에 어르신의 병환보다 심각합니다."

"아."

당무천은 다시 입을 벌렸다.

자신의 병을 치료해 준 것이 누군지 이제 기억난 것이다.

독을 흡수해서 병마에서 벗어나게 해 준 것은 공독지체를 가진 청화였지만, 병을 진단하고 그 처방을 내린 것은 한빈이었다.

잠시 대화를 이어 가던 한빈은 모두에게 고개를 숙였다.

"저는 이만 가 볼까 합니다, 어르신들."

한빈이 고개를 숙였다.

그 모습에 십대세가의 대표들은 한빈을 향해 조용히 고개를 숙였다.

이것은 후기지수에게 보일 수 없는 예였다.

한빈은 그들의 예에 포권으로 답했다.

"이제는 진짜 가 봐도 되겠지요?"

"그러게나. 어서 들어가서 쉬게."

당무천이 고개를 끄덕였다.

한빈이 천천히 그들에게서 멀어졌다.

자리로 돌아가는 한빈은 걸음을 멈추고 고개를 갸웃했다.

십대세가 대표들의 이어지는 이야기 중 흥미가 돋는 부분이 있었기 때문이다.

그것은 만월에 관한 이야기였다.

한빈이 자신도 모르게 기척을 죽이고 조심스럽게 그들에게 걸어가고 있을 때, 당무천은 조용히 모두를 돌아보고 있었다.

그것도 잠시, 그는 조심스럽게 입을 열었다.

"지금부터 말하는 것은 절대 비밀로 해 주길 부탁드리네."

"말씀하시지요."

제갈공민이 답하자 나머지 사람들이 고개를 끄덕였다.

모두가 동의한다는 말이었다.

당무천의 표정이 그 어느 때보다 진지했다.

그 모습에 이번에는 남궁장천이 재촉하듯 물었다.

"어서 말해 보십시오. 할 말이 무엇입니까?"

"지금부터 하는 말은 만월에 대한 것이오."

"만월이라면, 초승달처럼 생긴……."

남궁장천이 말끝을 흐리며 당무천을 바라봤다.

당무천은 고개를 끄덕였다.

"맞네. 그것이 만월이네. 주인이 죽었으니 이제 모양도 변했을 것이네. 아마도 본래 모양인 둥근 달의 형태로 돌아갔겠지."

"아, 그렇습니까? 그렇다면 우리는 저 아래에서 만월을 찾아야 하는 겁니까?"

"그건 아닐세. 저 아래에 묻힌 만월을 어떻게 찾는다는 말인가?"

"그럼 왜 만월에 대해서 말씀하시는 겁니까?"

"만월에는 중요한 비밀이 하나 숨어 있다네……."

말을 마친 당무천은 조용히 모두를 바라봤다.

그들은 자신도 모르게 마른침을 삼켰다.

당무천의 표정이 점점 진지해졌기 때문이다.

뭔가 진지함을 넘어서 비장한 느낌마저 들었다.

그때였다.

당무천이 어딘가를 바라봤다.

모두가 당무천의 시선을 따라 고개를 돌렸다.

그곳에는 한빈이 조용히 서 있었다.

그 모습에 당무천이 물었다.

"아니, 쉬러 간 게 아니었는가?"

"만월의 이야기가 나오길래 말입니다."

"음."

"무슨 이야기인지는 몰라도, 저도 들을 자격이 있다고 생각합니다."

"그래, 들을 자격이 있지. 내가 자네에게 이야기하지 않은 것은 딱 한 가지 이유일세."

"그게 무엇인지 물어봐도 될는지요?"

"자네에게 부담을 지우기 싫어서네."

"괜찮습니다. 어차피 망가진 몸, 강호를 위해서 이 한 몸 불사르지요."

말을 마친 한빈은 조용히 주위를 둘러봤다.

한빈은 분위기가 무겁기에 가벼운 농담을 던진 것이었다.

하지만 반응은 한빈의 예상 밖이었다.

그들이 피워 낸 기세 덕분인지 주변 공기가 암울해지는 느낌이었다.

사람들의 표정은 그만큼 비장했다.

그때 당무천이 말을 이었다.

"그래. 어차피 자네도 알아야 할 이야기 같군. 어찌 보면 다 끝난 이야기일 수도 있고 말이야. 다시 한번 말하지만 이 이야기는 자네들만 알고 있게나. 팽 공자도 마찬가지고."

"네, 알겠습니다."

한빈은 살짝 고개를 숙였다.

다른 무림세가의 대표들도 눈을 반짝였다.

모두의 시선이 모이자 당무천이 입을 열었다.

"만월은 사천당가의 보물이었다네. 그런데 먼 옛날 도둑을 맞았지."

"도둑이라……. 혹시 훔쳐 간 범인이 마교입니까?"

"비슷하네."

"비슷하다니요? 그게 무슨 말씀입니까?"

"마교가 아니라 혈교였다네."

당무천의 말이 끝나자, 모두가 웅성거리기 시작했다.

그중 황보만청이 당무천에게 물었다.

"혈교면, 전설 속의 사라진 집단 아닙니까?"

"그렇다네. 이제는 전설 속의 이야기일 뿐이지. 하지만 백 년 전까지만 해도 그들을 이야기 속의 집단이라 부르는 사람은 없었다네. 우리 정파도, 마교도 말이야. 그들 덕분에 정, 사, 마가 강호가 생겨난 이래로 하나가 되었다네."

"네, 저도 어렴풋이 들었습니다. 하지만 갑자기 여기서 혈교가 왜 나옵니까?"

"당시 혈교와의 전쟁 때 사천당가에서는 최고의 보물인 만월을 빼앗겼다네."

"도둑맞은 것이 아니라 빼앗겼다고요?"

"정확히는 승부에서도 지고 가문의 최고 보물이었던 만월까지 빼앗긴 것이지. 하지만 승부에서 지고 보물까지 빼앗겼다고는 할 수 없는 일이 아닌가? 가문의 사기를 위해서라도 말일세."

"그래서 도둑맞았다고 하셨군요."

"그렇다네. 그런데 어제 그 만월이 세상에 나타난 것일세."

"그렇다면……."

"백 년 전 이 땅에서 사라진 혈교일 수도, 아닐 수도 있네. 그 진실은 저 땅속에 묻혀 있겠지."

당무천은 바닥을 가리켰다.

그 모습에 제갈공민이 한 발 앞으로 나왔다.

"음, 그렇다면 암제라는 자 뒤에 누군가 있다는 얘기 아닙니까?"

"지금부터 그것을 상의하려는 것일세."

"무림세가의 복구도 문제지만, 앞으로 경계 태세를 높여야겠군요."

"무림의 정보력을 한곳으로 모으는 것이 중요하다고 보네."

당무천은 모두를 바라봤다.

그가 걱정하고 있는 것은 혹시 모를 사태 때문이었다.

백 년 전에 강호에 혈겁을 일으켰던 혈교가 다시 나타난다라?

그것은 생각하기도 싫었다.

그때였다.

그들의 뒤에 검은 그림자 하나가 나타났다.

그는 기척도 숨기지 않고 한빈의 뒤에 섰다.

그는 다름 아닌 강남 사도련의 독고진이었다.

당무천은 독고진을 바라보며 외쳤다.

"팽 공자로부터 떨어지게!"

그의 말에 독고진은 양손을 위로 올리며 말을 이었다.

"내가 이 아이를 해칠 사람으로 보이는가?"

당무천은 미간을 좁혔다.

"허, 자네라면 그러고도 남지. 그러니 사파가 아닌가?"

말을 마친 당무천은 독고진을 쏘아봤다.

사실 둘 사이에는 작은 앙금이 남아 있었다.

강남의 이권을 두고 항상 대립하던 것이 사천당가와 강남 사도련이기 때문이었다.

어찌 보면 둘은 천적에 가까웠다.

거기에 나이에 비해 젊어 보이는 독고진의 외모도 당무천을 자극했다.

발끈하는 당무천의 모습에, 독고진이 고개를 살짝 기울였다.

"암제로부터 자네들을 구해 준 것이 누구지?"

"도움을 받은 적은 없네."

당무천이 당연하다는 듯 코웃음 치자, 독고진이 피식 웃으며 말을 이었다.

"내가 지켜보는 것만으로도 도움이 되었겠지. 안 그런가? 팽
공자가 내게 바란 것도 그것이고 말이야."

독고진은 한빈을 바라봤다.

갑자기 한빈의 이야기가 나오자, 당무천은 대꾸 없이 고개
를 돌렸다.

모두가 한빈에게 시선이 모인 상태.

한빈은 고개를 끄덕였다.

"네, 맞습니다."

이건 한빈의 진심이었다.

한빈이 그를 이곳으로 부른 것은 증인이 필요해서였다.

덕분에 무가지회에 참석한 무림세가는 사파가 그들의 적
이 아니라는 것을 알게 되었다.

물론 강남 사도련의 수장인 독고진도 자신의 진짜 적이 정
파가 아니라는 것을 알게 되었다.

한빈이 독고진에게 구경만 하라고 한 이유는 무엇일까?

제갈공민은 그 이유를 알고 있었다.

대화를 지켜보던 제갈공민이 끼어들었다.

"그건 독 대협과 팽 공자의 말이 맞습니다."

"말이 맞다라?"

당무천이 눈을 가늘게 뜨자, 제갈공민이 말을 이었다.

"여기 독고진 대협이 오지 않았다면 사파는 우리의 상황을

몰랐을 테지요. 그리고 우리도 사파를 계속 의심했을 것입니다. 그리고 지금 이렇게 오신 것은 우리에게도 이득입니다."

"이득이라니……."

당무천이 의심 가득한 눈초리로 제갈공민을 바라봤다.

"지금 우리가 논의하고 있는 것은 혹시나 하는 혈교의 재림이 아닙니까?"

"흠."

"그 상황이라면 정파와 사파의 구분은 무의미해집니다. 이런 상황을 저희가 사파에 알리려면 얼마만큼의 노력이 필요할지는 생각도 하기 싫습니다."

"……."

당무천은 제갈공민과 독고진을 번갈아 봤다.

그것도 잠시, 당무천은 고개를 서서히 끄덕이기 시작했다.

"내 사과하겠네. 많은 일을 겪다 보니 내 시야가 좁았네."

당무천의 말에 모두가 눈을 크게 떴다.

당무천이 누군가에게 사과하는 것은 처음 봤기 때문이다.

강남 사도련의 독고진조차 눈빛이 살짝 떨렸다.

독고진은 고개를 흔들더니 한숨을 내쉬었다.

"자네가 사과를 하다니, 이제 우리의 세대는 끝난 것 같군."

"끝난 건 사실이지 않나? 이제 후대를 생각해야 할 때이지."

당무천은 고개를 돌려 후기지수들이 모여 있는 곳을 바라봤다.

그때 독고진이 급하게 말을 이었다.

"일단 혈교에 관해서 계속 얘기를 해 보게."

그의 말에 모두가 표정을 바꾸었다.

마치 전쟁을 앞둔 군장들이 모여 있는 것처럼 주변의 분위기는 다시 무거워졌다.

그들의 회합은 날이 어두워질 때까지 계속되었다.

당무천은 이전과 마찬가지로 십대세가의 수장을 맡게 되었으며, 독고진의 강남 사도련과 십대세가는 긴밀한 협조를 맺기로 약속했다.

하지만 이것은 밀약이었다.

겉으로는 표시를 안 내고 전과 같이 대립하는 듯한 분위기를 풍기기로 했다.

그때 당무천이 그의 아들인 당광현에게 눈짓했다.

자리에서 사라진 당광현이 나타난 것은 반 시진 뒤였다.

그는 하인들과 함께 나타났다.

하인들은 술상과 술병을 들고 당광현의 뒤를 따랐다.

당광현은 그들의 회합 자리에 술상을 놓았다.

그러고는 백아주가 든 호리병을 돌렸다.

호리병에 가득 든 백아주라면 금전 한 닢에 맞먹을 정도의 값어치.

당무천은 독고진에게 백아주가 담긴 호리병을 건넸다.

나머지 사람들은 각자의 앞에 놓인 호리병을 들었다.

독고진은 호리병을 들고 코앞에 갖다 댔다.

"역시 명주로군."

"가산을 탕진해서 준비한 술이라네."

"엄살이 심하군."

"엄살이 아니라네. 지금 우리 가문의 꼴을 보게. 이 정도로 폭삭 무너졌는데. 백아주면 기둥뿌리 서너 개 정도는 뽑았다고 봐야 되지 않는가?"

"그럼 그 기둥 잘 마시겠네."

독고진은 호리병에 든 백아주를 한입에 털어 넣었다.

당무천은 독고진의 그런 모습에 눈을 크게 떴다.

사천당가에서 이방인이 술을 한입에 털어 넣는다는 것은 어떤 의미일까?

그것은 상대에게 등을 맡긴다는 신뢰의 표시였다.

사천당가 하면 떠오르는 것은 당연히 독이었다.

덕분에 다들 사천당가에서 내오는 음식을 경계하기 마련이었다.

하물며 상대는 강남 사파의 기둥이었으며 사천당가와 첨예하게 맞서던 자였다.

그런 자가 사천당가에 신뢰를 보내고 있는 것이다.

당무천은 그다음 장면에서 살짝 입을 벌렸다.

술을 한입에 털어 넣은 독고진이 어딘가를 바라보고 있었다.

그가 바라보고 있는 것은 한빈이었다.

당무천은 그제야 알았다.

그가 신뢰하는 것은 사천당가가 아니라 하북팽가의 사 공자라는 것을 말이다.

'대체 정체가 뭐란 말이냐?'

당무천은 터져 나오려는 말을 꾹 눌러 참았다.

한빈을 잠시 바라보던 독고진은 호리병을 뒤로 던졌다.

휙!

호리병이 포물선을 그리며 연무장 위에 떨어졌다.

쨍그랑.

산산조각이 난 호리병.

나머지 십대세가의 대표들도 백아주를 들이켠 뒤 독고진과 마찬가지로 호리병을 뒤쪽으로 던졌다.

휙! 휙!

탕.

쨍그랑.

마치 악기를 연주하는 듯한 소리가 잠시 연무장을 덮었다.

소리가 잠잠해지자 독고진이 말했다.

"진심은 안에 담고."

"껍데기는 날려 버렸네."

당무천이 답했다.

호리병 속의 술을 털어 넣는 것은 약속을 지키겠다는 맹세.

그 호리병을 던져 깨뜨린 것은 겉으로 드러내지 않겠다는 표시였다.

무림세가와 강남 사도련 사이의 밀약은 완성된 것이다.

그때였다.

독고진이 한빈을 보며 고개를 갸웃했다.

"왜 자네는 안 마시나?"

그의 질문에 모두가 한빈을 바라봤다.

한빈이 어깨를 으쓱하며 웃었다.

"저는 부상이 심해서 못 마실 것 같습니다. 주화입마 수준이라서요."

"쾌유를 비네."

독고진은 한빈을 그윽한 눈으로 바라봤다.

그러고는 묘한 웃음을 남긴 뒤 돌아섰다.

돌아선 그는 신형을 날렸다.

사사삭.

그는 허공을 박차고 몇십 걸음씩 뛰며 사람들의 시야에서 사라졌다.

조용히 그 광경을 지켜보던 한빈은 당무천에게 시선을 돌렸다. 그러자 당무천이 물었다.

"말할 것이 있느냐?"

"이 술 말입니다."

"못 마시는 것은 이해하니 걱정하지 말거라."

"기왕 준 술이니 이건 가져가겠습니다, 어르신."

"아."

당무천이 입을 벌렸다.

화합의 상징으로 준 술을 가져가겠다고 할 줄은 몰랐기 때문이다.

그때였다.

당광현이 걱정스러운 눈빛으로 모두를 바라봤다.

"여러분들."

갑자기 살짝 깔린 목소리로 자신들을 부르자, 십대세가의 대표들이 일제히 고개를 돌렸다.

그중 제갈공민이 물었다.

"왜 그러십니까? 당 대협."

"다름이 아니라 여러분들께서 우리 가문을 도와주셨으면 좋겠소."

"가문이라……."

"지금 이 상황이면 복구가 불가능합니다."

"그게 무슨 말씀입니까?"

"그러니까……."

당광현은 모두에게 사실을 털어놓기 시작했다.

사천당가에 가장 필요한 것은 허물어진 전각과 기물을 복구하는 것이었다.

문제는 여기가 사천당가라는 점이었다.

간밤에 일어난 사건은 알게 모르게 주변에 퍼진 상태.

만독 비고가 깨지는 바람에 사천당가에 발을 들여놓으면 언제 죽을지 모른다는 소문이 퍼진 것이다.

하지만 반은 맞고 반은 틀렸다.

땅이 무너져 내린 것은 맞지만, 만독 비고가 터진 것은 아니었다.

아마도 그 폭발 때문에 만독 비고가 완전히 막힌 것이 분명했다.

사천당가가 세세하게 조사한 결과, 이곳에서 중독당할 염려는 없었다.

당광현은 그것을 모두에게 알리고 일꾼을 구하려고 했다.

그러나 그것은 불가능했다.

사천당가의 '사' 자만 들어도 모두 도망가기 바빴다는 것이 수하들의 이야기였다.

"……돈이 문제가 아닙니다. 도와줄 사람이 없습니다. 석공이나 목공이 많이 부족합니다. 잔일을 도와줄 일꾼도 부족합니다."

말을 마친 당광현은 모두를 바라봤다.

제갈공민이 헛기침을 했다.

"흠, 이거 참 난감하게 되었습니다. 석공과 목공을 타 지역에서 구하려고 한다면 기한이 걸릴 테고, 또 그 소문이 사천에만 국한된 것은 아닐 것 아닙니까? 비용이라면 저희가 도와드릴 수 있습니다. 하지만 일꾼들은⋯⋯."

제갈공민은 슬쩍 옆을 바라봤다.

다른 십대세가의 대표들도 난감한 듯 서로를 바라보고 있었다.

그들은 이번 사천당가의 비극에 도움의 손길을 주기로 결심하고 있었다.

하지만 문제는 일손이었다.

여기에 온 자 중에 일꾼이 있다면 지원해 주겠지만, 모두가 무인과 잔일을 돕는 하인들밖에 없었다.

모두가 난감한 듯 바라보고 있을 때였다.

한빈이 입을 열었다.

"제가 도와드리면 어떻겠습니까?"

"⋯⋯."

당광현이 아무 말 없이 한빈을 바라봤다.

하북팽가의 대표로 온 팽대위도 어쩔 줄 모른다는 표정을 짓는 상황이었다.

그런데 한빈이 돕겠다고 나서니, 당광현은 황당하기 그지없었다.

그때 한빈이 모두에게 말했다.

"공짜는 아닙니다. 인력을 구하려면 당연히 비용이 필요할 테고, 그 비용은 여기 있는 모두가 나눠서 부담해 주심이 맞을 것 같습니다."

"비용은 걱정하지 말게. 일단 기술자부터 구해 주시게나."

"걱정하지 마시고 저만 믿으십시오."

한빈이 가슴을 탕탕 치자, 팽대위가 재빨리 달려왔다.

"대체 네가 어떻게 사람을 구한다는 것이냐?"

"숙부님, 저를 못 믿으십니까?"

도리어 반문하는 한빈의 모습에 팽대위는 기가 막혔다.

이곳은 하북이 아닌 사천이었다.

하북도 아니고 이 머나먼 사천 땅에서 기술자를 구한다는 것은 말도 안 되었다.

그게 가능했다면 사천의 지배자인 사천당가가 이렇게 난감해했겠는가?

팽대위가 주변의 눈치를 살폈다.

그들도 팽대위의 의견에 동의한다는 듯 고개를 끄덕였다.

그때 한빈이 씩 웃으며 손가락을 튕겼다.

딱.

순간 두 줄기 하얀 바람이 불어왔다.

사사삭.

한빈의 양옆에 설화와 청화가 나란히 섰다.

그 모습을 본 당광현이 말했다.

"놀라운 신법이군."

당광현의 감탄에 청화가 부끄러운 듯 말했다.

"이건 제 무공 실력이 아니에요. 언니가 끌고 왔어요."

굳이 말하지 않아도 될 것을 밝히는 청화의 모습에 모든 이가 웃음을 터뜨렸다.

다시 화기애애해진 분위기 속에 설화가 한빈을 바라봤다.

"공자님, 계약서 펼까요?"

"아니, 상관없다."

"왜요?"

"이미 기본 서약서에 다 써 있으니까."

한빈은 설화가 든 보따리를 가리켰다.

그 안에는 모든 가문이 손도장을 찍은 서약서가 들어 있었다.

그 모두는 입을 딱 벌렸다.

십대세가의 대표 중 몇몇은 그 서약서의 내용도 읽어 보지 못했다.

앞에 선 제갈공민이 찍었기에 따라서 찍은 것이었다.

천하의 제갈세가가 손해 볼 일을 할 리 없다는 것이 그들의 판단이었다.

몇몇 가문 대표들의 이마에 살짝 땀방울이 배어 나왔다.

그 모습에 한빈이 당광현에게 말했다.

"사천당가의 재정을 관리하는 친구를 하나 붙여 주십시오. 제가 사흘 내로 일꾼들을 데려오겠습니다. 다만 목숨을 걸어야 하는 만큼 일꾼들의 일당이 조금은 비쌀 수도 있습니다."

"그건 문제가 안 되네. 어차피 공동 부담이 아니던가? 공동 부담이 아니라도 사천당가는 그만큼의 여력은 충분하다네."

"그럼 안심입니다."

한빈이 고개를 끄덕이자, 당광현이 누군가에서 손짓했다.

곧 가녀린 체구의 여인이 경장을 나풀거리며 걸어왔다.

그녀는 다름 아닌 당세령이었다.

청화의 언니이자 당광현의 딸이며, 십 년이 넘도록 남장을 하고 다니다 이제야 본모습을 드러낸 여인이었다.

그녀는 당광현에게 다가오더니 살짝 고개를 숙였다.

"아버님, 무슨 일이신지요?"

"네가 당분간 팽 공자를 돕거라."

"걱정하지 마세요, 아버님."

당세령이 당광현을 향해 포권했다.

그때 한빈이 당세령에게 쪽지 하나를 건넸다.

"여기에 있는 물건들 좀 부탁드립니다, 당 소저."

"네, 알겠어요."

쪽지를 받아 든 당세령의 눈이 커졌다.

공자님 뭐 하세요?

깜짝 놀란 당세령의 표정을 본 당광현이 조용히 고개를 끄덕였다.

"준비해서 같이 떠나거라."

"아버님, 그래도……."

"내가 확인할 필요는 없을 것 같구나. 이미 팽 공자에게 맡긴 일이 아니더냐?"

"그래도 이건 아닌 것 같아요. 제 말 좀……."

"더는 말하지 말고 팽 공자를 따라라. 지금 이 상황에서 일꾼을 구할 수 있는 것이 누가 있더냐? 총성과 아미에도 기별을 넣어 봤지만, 별 기대는 하지 않는다."

"……."

당세령은 당광현을 보며 입을 벌렸다.

한빈이 요구한 물건도 이해가 안 되었지만, 당광현의 태도도 이해가 안 되었다.

무엇을 요구하는지 묻지도 않고 그냥 따르라니.

이것은 사천당가에서 보고 듣고 배운 것과는 상반되는 지시였다.

사천당가는 직계들에게 강호의 음험함에 대해서 입이 닳도록 가르친다.

그것은 사천당가가 누구보다 음험하기 때문이었다.

그러함에도 사천당가의 뒤통수를 치려는 집단이 있다면?

그 집단은 상상도 못 할 힘과 음험함을 지니고 있을 것이 분명하다.

덕분에 사천당가는 가문을 이끌어 나갈 직계들에게 강호를 의심하라고 가르쳐 왔다.

그런데 쪽지의 내용도 확인하지 않는다니?

물론 당세령도 한빈을 의심하는 것은 아니었다.

한빈을 데려온 것이 바로 남장을 한 당세령이었다.

당시에는 당기명이란 이름을 썼지만, 복장을 바꿨다고 눈까지 바뀐 것은 아니었다.

당세령이 한빈을 보던 눈은 그대로였다.

그래도 한빈이 무엇을 요구하는지 확인은 했어야 정상이었다.

그때 당광현의 목소리가 당세령의 귓전을 때렸다.

"어서 준비하거라."

"네, 알겠어요."

당세령은 고개를 숙인 뒤 재빨리 자리에서 사라졌다.

그녀가 점점이 사라질 때였다.

한빈이 고개를 갸웃했다.

그 모습에 당광현이 급히 물었다.

"팽 공자, 왜 그러는가? 더 필요한 것이 있으면 말해 보게."

"사천당가의 담장 밖이 소란스러워서요."

"아마도 비무 대회에 돈을 건 자들 때문일 걸세. 다른 때라면 이곳으로 왔겠지만, 독이 퍼졌다는 소문 때문에 담장 안으로는 못 들어오는 듯하네."

"그렇군요."

"누군가는 돈을 땄겠지만, 누군가는 돈을 잃었을 테니 소란이 이는 것도 당연할 테지."

"누가 땄는지 궁금하네요."

한빈은 의미심장한 웃음을 보이며 담장 밖을 바라봤다.

⁂

사천당가의 담벼락 너머에 잠시 소란이 일었다.

그것은 바로 승패를 맞힌 자가 있었기 때문이다.

그것이 왜 문제일까?

승패의 결과를 맞힌 자가 없었다면 내기에 돈을 건 사람들은 수수료 일 할을 뗀 나머지 원금을 돌려받게 된다.

그런데 승패의 결과를 맞힌 자가 있다는 것이다.

누군가가 하오문의 판돈 관리자에게 따지듯 물었다.

"여보시오, 어떻게 무승부를 예측한 자가 있단 말이오? 혹시 주최 측의 농간이 아니오?"

"허허, 아닙니다. 우리 사천의 하오문이 이제껏 내기를 속인 적이 있소이까?"

하오문의 관리자는 고개를 갸웃하며 상대를 쏘아봤다.

상대도 그냥 물러나지는 않았다.

"그럼 증거를 보이시오."

"판돈을 건 고객의 정보를 보호하는 것은 하오문의 도리입니다."

"그게 무슨……."

"또한 개개인의 정보를 아무렇지 않게 공개하는 것은 강호의 도리가 아니올시다."

"혹시 하오문이 승부를 조작한 것이 아니오?"

"대체 우리 하오문을 어떻게 보고……."

판돈 관리자가 눈을 부라리며 그자를 향해 한 발 내디뎠다.

하오문이 강호에서 천시받는 집단이라고는 하지만, 그것은 다른 지역의 이야기였다.

사천에서 하오문은 정사를 아우르는 어엿한 문파였다.

지금의 의심은 하오문의 근간을 흔드는 것이었다.

그러니 발끈하지 않을 수 없었다.

판돈 관리자는 하오문의 일류 고수.

그 일류 고수가 한 발 내디디자, 이의를 제기한 자는 움찔하며 뒤로 물러섰다.

그뿐만 아니라 다른 이들도 뒤로 물러선다.

그때 목소리 하나가 그들의 사이를 파고들었다.

"그만하여라."

냉랭한 분위기 속을 파고든 목소리는 상상할 수 없이 부드러웠다.

그 부드러움은 주변 공간을 장악한 듯 분위기를 단숨에 녹여 버렸다.

모두는 고개를 돌려 목소리의 주인공을 바라봤다.

사천 하오문의 주인인 백미랑이 사뿐사뿐 걸어오고 있었다.

모두는 천천히 걸어오는 백미랑을 바라봤다.

그녀는 내기를 건 자들과 판돈 관리자의 가운데 서서는 주변을 쓱 훑어봤다.

그 모습에 사람들은 조금 전 상황은 잊고 탄성을 질렀다.

"백미랑을 이렇게 가까이에서 보다니!"

"허허."

"그런데 지금 판돈은?"

"지금 판돈이 문제인가?"

"쉿, 조용히 하게."

그들에게 판돈은 중요한 것이 아니었다.

백미랑을 보는 것 자체는 그리 어렵지 않았으나, 이렇게 가까이에서 보는 것은 하늘의 별 따기였다.

그들이 마른침을 삼키고 있을 때, 백미랑의 붉은 입술이 열렸다.

"저희 하오문을 사랑하시는 여러분……. 저희도 이 내기 결과를 맞힌 자가 나타나리라고는 생각지도 못했습니다. 하지만!"

백미랑은 말을 끊었다.

그 모습에 모두는 입을 살짝 벌렸다.

백미랑의 부드러운 분위기가 살짝 냉랭해졌기 때문이다.

모두는 자신이 뭔가 잘못한 것은 아닐까 자신을 되돌아봤다.

그때 백미랑이 다시 말을 이었다.

"내기 판에는 규칙이 하나 있다는 것을 잊고 계시는 건 아니죠?"

"……."

그들은 백미랑의 다음 말을 기다렸다.

그들이 눈을 몇 번 깜빡일 때, 백미랑이 다시 웃음을 피워냈다.

"만약 오늘 자정까지 승패를 맞힌 자가 나타나지 않는다면 승자는 없는 것으로 하겠어요. 그게 이 내기 판의 규칙이지요. 승자가 나타나지 않는다면 원금은 여러분의 손에 들어갈 겁니다."

그녀의 말은 사실이었다.

그것이 하오문이 정한 내기 판의 규칙이었다.

내기의 승자는 당일에 판돈을 찾아가야 했다.

만약에 판돈을 찾아가지 못한다면?

백미랑의 말이 끝나자 여기저기서 탄성이 흘러나왔다.

"역시 백미랑이야."

"웬만한 판관보다 공정하군."

"그럼 우리는 여기에서 기다리면 되는가?"

"꼼짝없이 자정까지 여기서 기다려야겠네그려."

모두의 웅성거림에 백미랑이 손을 들었다.

손을 들자 그녀의 옷소매가 살짝 흘러내린다.

그녀의 팔은 어찌나 하얀지 마치 하늘에 뜬 뭉게구름 같았다.

사람들은 웅성거림을 멈추고 백미랑의 손을 바라봤다.

상황이 진정되자 백미랑이 다시 말을 이었다.

"내기의 승자는 오늘 자정까지 만월루로 오라고 여기에 방을 붙이겠습니다."

백미랑은 사천당가의 담장을 가리켰다.

모두는 호기심에 눈을 빛냈다.

그 모습에 살짝 미소를 비친 백미랑이 다시 입을 열었다.

"여러분들은 만월루로 내기의 승자가 오는지 확인하시면 됩니다. 뭐, 안 온다면 하오문은 내기의 판돈을 공정하게 돌려드리도록 하죠."

말을 마친 그녀는 부채를 펴더니 몸을 돌려 준비한 마차에 올랐다.

그녀가 마차에 오르자 바퀴가 드르륵 소리를 내며 굴러가기 시작했다.

순간 모두는 마차를 멀뚱히 바라봤다.

그들 중 누군가가 말했다.

"우리도 어서 가 봅시다."

"그래야겠지."

"자정까지니 만월루가 잘 보이는 자리를 미리 잡아야겠네."

"그러는 게 좋겠군."

사람들은 너나없이 바삐 사천당가의 담장을 떠났다.

그들이 떠나자 백미랑의 수하는 그녀의 지시대로 담장의 곳곳에 방을 붙이기 시작했다.

잠시 후.

당세령은 한빈이 부탁한 물건을 들고 왔다.

당광현은 당세령의 손에 든 짐을 힐끔 바라봤다.

사실 당광현도 한빈이 부탁한 물건이 무엇인지 궁금해하고 있었다.

하지만 지금은 상대에게 모든 것을 맡긴 상태.

그것도 나이 어린 하북팽가의 사 공자에게 무거운 짐을 지웠다.

지금은 상대에게 신뢰라는 두 글자를 새길 필요가 있었다.

어차피 내어 줄 물건이라면 굳이 확인하지 않는 편이 상대에게 신뢰를 얻기 좋았다.

그때 당세령이 물었다.

"확인 안 하셔도 되겠어요? 아버님."

당세령이 보따리를 가리켰다.

보따리는 그리 크지 않았다.

어른의 머리 정도의 크기였다. 저 정도의 크기라면 책자밖에 없었다.

책자라?

당광현은 잠시 입술을 달싹였다. 하지만 처음 결심한 대로 묻지는 않았다.

어차피 저들이 떠나면 당세령이 들른 전각을 관리하는 하인에게 물어보면 되었다.

"우리 가문은 일단 일을 맡기면 상대를 의심하는 법이 없지 않으냐?"

"그, 그렇죠. 아버님."

당세령이 살짝 말을 더듬었다.

상대를 의심하지 않는다는 것은 거짓말이기 때문이다.

당황한 표정도 잠시, 당세령은 재빨리 미소를 피워 내며 한빈을 바라봤다.

그 모습에 한빈이 활짝 웃으며 당광현에게 포권했다.

"그럼 바로 떠나겠습니다."

"잘 부탁하네."

당광현이 살짝 고개를 숙였다.

미소로 답한 한빈은 당세령과 함께 자리를 떠났다.

한빈이 점이 될 정도로 멀어지자, 이제까지 아무 말 없던 당무천이 당광현을 바라봤다.

"흠."

당무천의 헛기침 소리에 당광현이 돌아봤다.

"왜 그러십니까? 아버님."

"팽 공자가 가져간 것이 대체 무엇이더냐?"

"저도 잘 모르겠습니다. 지금부터 알아보려고 합니다."

그때였다.

멀리서 누군가가 먼지구름을 일으키며 뛰어왔다.

그 모습에 당광현이 눈매를 좁혔다.

"무슨 일이기에 그렇게 소란을 피우느냐?"

"긴히 보고드려야 할 것이 있습니다, 가주님."

"보고라……."

당광현은 살짝 말끝을 흐리며 수하를 바라봤다.

수하의 얼굴을 알아본 당광현이 눈매를 좁혔다.

"너는 서륜각의 책임자가 아니더냐?"

"네, 맞습니다."

"그럼 혹시 세령이가 가져간 것이 서륜각의 물건이더냐?"

"네, 맞습니다. 아무래도 보고를 드려야 할 것 같아서 이렇게 달려왔습니다."

"혹시……."

당광현은 말끝을 흐리며 서륜각이 있는 곳을 바라봤다.

서륜각은 사천당가의 모든 비급과 중요 문서가 보관된 곳이었다.

얼마나 튼튼하게 지어졌는지 경천동지한 이번 폭발에도 아무 해가 없었던 전각 중 하나였다.

그곳의 책임자가 이렇게 당황할 정도면?

당세령이 가져간 것은 분명 사천당가의 비급일 것이다.

대체 왜?

의문을 떠올린 당광현이 다급하게 물었다.

"어떤 비급을 가져갔느냐?"

"송구하오나, 비급이 아닙니다."

"비급이 아니라면 대체 무엇을 가져갔느냐?"

당광현은 눈매를 좁혔다.

그 모습에 서륜각의 책임자는 눈을 질끈 감고 말을 이었다.

"채무 명부와 차용증을 가져갔습니다."

"차용증이라니?"

"말 그대로입니다."

"……그래, 알았다. 너는 그만 가 보거라."

당광현의 말에 서륜각의 책임자는 재빨리 자리를 떴다.

서륜각의 책임자가 사라지자, 당광현은 걱정 가득한 표정으로 당무천을 바라봤다.

"아버님, 팽 공자가 대체 무엇을 하려는지 걱정됩니다."

"허허, 나도 걱정이 되는구나. 차용증이라니!"

"혹시 차용증으로 사람들을 위협해서 일꾼을 모으려는 것은 아닐까요?"

"흠."

"옆에서 지켜본 바로는 팽 공자의 성격상 수단과 방법을……."

당광현은 말을 멈추었다.

당무천이 손바닥을 보이며 말을 막았기 때문이다.

그 모습에 당광현이 입을 딱 벌렸다.

이것은 절대적인 신뢰였다.

자신이 보이는 것은 형식적인 신뢰였지만, 지금 당무천은 진심이었다.

당무천은 한빈이 사라진 곳을 보며 그저 옅은 미소만 보였다.

✿

자리를 떠난 한빈은 사천당가의 정문을 빠져나가기 전에 누군가를 기다리듯 주위를 두리번거렸다.

그 모습에 당세령이 물었다.

"공자님, 지금 뭐 하시는 겁니까?"

당세령의 목소리는 마치 남자아이의 목소리 같았다.

그걸 들은 설화와 청화가 입을 벌렸다.

당세령 자신도 모르게 당기명으로 변장했을 때의 말투가 나왔던 것.

그 모습에 한빈이 피식 웃었다.

"말투가 변하셨군요. 본래 변장이란 말투와 눈빛까지 바꿔야 완벽한 법이지요."

"앗, 당황해서 나도 모르게 실수한 겁니다. 그리고 지금 이게 원래 제 모습이고 당기명이 변장한 모습이라고요."

"제가 뭐라고 했습니까?"

한빈은 짓궂게 웃었다.

그 모습에 옆에 있던 청화는 흐뭇한 모습으로 웃었다.

한빈이 농담을 던지는 것은 처음 봤기 때문이다.

청화는 한빈이 농담을 던진 이유를 알 것 같았다.

당세령은 당기명이라는 이름으로 하북에서 사천까지 왔었다.

그간 몇 번의 위기를 넘기기도 했다.

한빈에게는 당세령이 여자로 보이지 않을 것이다.

그저 든든한 동료로 보이기에 편안히 농담을 던진 것이 분명했다.

여기까지가 청화가 읽은 한빈의 생각이었다.

그때 당세령이 다시 말을 이었다.

"음……. 그런데 지금 누굴 기다리시는 거예요?"

"임무를 도와줄 수하를 기다리고 있습니다."

"도와줄 수하요?"

당세령이 고개를 갸웃할 때였다.

하늘에 먹구름이 몰려들기 시작했다.

동시에 차가운 물방울 하나가 당세령의 콧등에 떨어졌다.

뚝.

그 모습에 한빈이 주위를 두리번거렸다.

그것도 잠시, 한빈은 검지로 정자 하나를 가리켰다.

"일단 저쪽으로 가시죠."

한빈 일행이 비를 피할 정자 아래에 서자, 빗방울이 떨어지기 시작했다.

툭, 툭, 툭.

대지를 울리는 빗방울 소리는 마치 악기 소리처럼 흥겨웠다.

그때 빗줄기를 뚫고 검은 그림자가 하나 달려왔다.

검은 그림자는 묘한 소리를 냈다.

따락.

따락.

자세히 보니 흑색 대나무 껍질로 만든 도롱이를 입고 있었다.

그 소리는 대나무 껍질이 부딪히면서 내는 소리.

묘한 소리와 함께 검은색 도롱이가 펄럭이는 모습은 마치 박쥐 같았다.

그 모습에 당세령은 자신도 모르게 검집을 잡았다.

순간 설화가 당세령의 손을 잡았다.

당세령이 고개를 돌리자 설화가 고개를 가로저었다.

그사이에 검은 그림자가 정자로 들어왔다.

설화는 검은 그림자를 향해 반갑게 인사했다.

"부대주 언니."

"그래, 설화구나. 잘 지냈니?"

"에이, 아까도 봤잖아요. 그런데 이렇게 비가 쏟아지는데 웬일이세요?"

설화의 질문에 심미호는 조용히 한빈을 바라봤다.

한빈은 품에서 뭔가를 꺼냈다.

그것은 전서구 통이었다.

전서구를 넣을 조그마한 통은 전서구뿐만 아니라 조그만 쪽지를 보호하기 위해서도 쓰였다.

한빈은 품에서 꺼낸 전서구 통을 심미호에게 건넸다.

지금처럼 비가 내릴 때는 꼭 필요했다.

심미호는 재빨리 전서구 통을 품속에 갈무리했다.

한빈은 작게 웃으며 말했다.

"그건 첫 번째 임무."

"두 번째 임무도 있나요?"

심미호가 고개를 갸웃하자, 한빈이 전서구 통을 하나 더 꺼냈다.

"이게 두 번째 임무야, 심 부대주."

"알겠어요, 주군."

심미호는 두 번째 전서구 통을 바라봤다.

그곳에는 이(二)라는 글이 적혀 있었다.

심미호가 막 몸을 돌릴 때, 한빈이 말을 이었다.

"심 부대주, 비도 많이 내리는데 수고했어. 이대로만 하면

돼. 그리고 이것도……."

한빈이 품을 뒤졌다.

그 모습에 심미호가 물었다.

"세 번째 임무도 있나요?"

"그건 아니고……. 이건 대원들한테 내리는 중간 포상이야."

한빈이 전낭 두 개를 건넸다.

심미호는 전낭을 받는 즉시 살짝 내용물을 확인했다.

순간 심미호의 눈이 커졌다.

"아, 주군. 나머지 대원은 밖에서 대기하고 있습니다. 이걸 보면 진짜 좋아할 겁니다."

심미호가 전낭을 흔들었다.

"감격할 필요 없으니 그만 가 봐, 심 부대주."

"존명!"

심미호가 다시 한번 고개를 숙였다.

그리고는 바람 같은 속도로 정자를 떠났다.

그 모습에 당세령은 고개를 갸웃했다.

심미호가 저리 감동하는 모습이 이해되지 않았다.

당세령은 호기심을 참지 못하고 물었다.

"팽 공자님, 저 전낭에는 얼마나 넣었나요?"

"돈이 아니라……."

"그럼요?"

"마음이지요."

"헉, 마음이요?"

"뭐, 내 정성이 담긴 영약입니다."

"두 개 다요?"

"나머지 하나는……."

"빨리 말씀해 주세요."

"비밀입니다."

한빈은 조용히 고개를 돌렸다.

당세령은 기가 찬 듯 한빈을 보다가 재빨리 청화를 바라봤
다.

"청화야, 너는 저기에 뭐가 들었는지 알지?"

"모르는데요, 언니."

청화가 고개를 흔들자 당세령이 한숨을 쉬었다.

"휴……. 역시 비밀이 많은 가문이네요."

그때였다.

툭―툭.

빗소리의 간격이 줄어들었다.

한빈은 하늘을 보더니 천천히 발길을 옮겼다.

"이제 출발하지요."

"네, 공자님."

설화가 반갑게 답하자 청화가 뒤를 이었다.

"출발해요."

당세령은 한빈의 뒤를 따라 사천당가를 나왔다.

당세령의 마음에 왠지 모를 불안감이 스멀스멀 올라왔다.

이렇게 비밀이 많을 때는 꼭 큰일이 일어났다.

당세령은 자신이 들고 있는 짐에 눈을 돌렸다.

그 안에는 사천당가로부터 돈을 빌려 간 사람들의 명부가 들어 있었다.

당세령은 한빈이 명부와 차용증을 어디에 쓰려는지 이해가 되지 않았다.

그저 한빈이 차용증을 이용해 사천의 백성들을 겁박하지 않기를 바랄 뿐이었다.

사실 주변 백성 중에 사천당가의 도움을 받지 않은 사람은 없었다.

사천당가 덕분에 이 주변에는 고리대금업자들이 발을 붙이지 못했다.

그것이 사천당가가 민심을 얻을 수 있는 이유였다.

사실, 이렇게 어려울 때 돌아서는 사람들이 조금 얄밉기는 했다.

당세령도 그들에게 빌려준 돈을 다 회수해 버릴까 하는 생각이 살짝 들기도 했다.

하지만 그것은 하책이었다.

사천당가의 복구에 시일이 걸리더라도 사천의 민심은 그대로 유지하는 것이 좋았다.

천천히 걸어가던 중이었다.

설화의 목소리가 당세령의 귓전에 울렸다.

"이게 뭐야!"

화난 설화의 목소리에 당세령이 재빨리 물었다.

"왜 그러니? 설화야."

"이놈들이 튀었어요. 튀었어요!"

설화는 살짝 흥분했다.

판에 돈을 건 자는 한빈만이 아니었다.

설화도 이번 판에 돈을 걸었다.

물론 무승부는 맞히지 못했다.

하지만 사천당가가 승리할 것이라 예상하고 걸었던 판의 내기 결과는 설화가 맞혔다.

자신과 청화가 나간 비무에서 질 것이라고는 티끌만큼도 생각하지 않았기에 제법 많은 돈을 걸었다.

그런데 자리에 아무도 없자 분노가 차오른 것이다.

설화의 이글대는 눈을 본 당세령이 물었다.

"튀다니?"

"여기서 판을 벌이던 친구들 말이에요. 이것들이 입을 싹 씻고 튀었네요."

"혹시 판돈을 걸었니?"

"그럼 안 걸어요? 공자님이 그러셨어요."

"뭐라고?"

"제일 재미있는 게 싸움 구경이고 두 번째가 불구경이라고요."

"그런데 그게 내기와 무슨 상관이니?"

"그리고 제일 짜릿한 건 싸움 구경하면서 딴 돈이라고……."

설화는 말끝을 흐렸다.

말을 하다 보니 뭔가 뒤통수가 따가웠기 때문이다.

아니나 다를까, 한빈이 설화를 쏘아보고 있었다.

그 모습에 설화가 말했다.

"죄, 죄송해요. 공자님. 저도 모르게……."

"설화 네가 뭘 잘못했는지 알지?"

"그러니까……."

"네 잘못은 비밀을 이야기했기 때문이다, 설화야."

"비밀이라니요?"

"좋은 건 우리만 알아야지."

"아."

설화가 탄성을 터뜨리자, 당세령이 우울한 표정으로 고개를 떨궜다.

우리라는 말이 묘하게 그녀를 이 집단에서 밀어내는 것처럼 들렸다.

그때 한빈이 말을 이었다.

"그런데 말이야. 그 비밀은 가족끼리는 공유해도 좋다."

"가족이라니요?"

"당 공자는 청화의 오라비가 아니더냐. 그러니 당연히 가족이지. 그리고 설화, 네게도 마찬가지고. 당무천 어르신의 손녀가 되었다고 들었다."

한빈이 활짝 웃자 설화가 말없이 고개를 끄덕였다.

둘의 대화를 듣던 당세령은 고개를 들었다.

자신을 가족이라 칭하자 갑자기 가슴에서 따뜻한 감정이 올라왔기 때문이다.

그것도 잠시, 그들의 대화를 곱씹던 당세령의 표정이 구겨졌다.

"팽 공자님."

"왜 그러세요?"

"왜 저를 당 공자라고 하시는 거죠?"

"아, 습관이 된 것 같습니다. 차차 고치기로 하죠. 호칭이 중요한 건 아니지 않습니까?"

말을 마친 한빈이 휘적휘적 앞으로 걸어갔다.

그 모습에 설화가 물었다.

"어디 가세요?"

"일단 판돈부터 받아야지."

"판돈이요? 다 날랐잖아요."

"뭔가 우리가 오해한 것 같구나. 저길 봐라."

"어디요?"

"저 아래에 죽처럼 풀어져 있는 종이 말이다."

한빈이 담장 아래를 가리켰다.

그곳에는 종이가 녹아 죽이 되어 있었다.

"저기에 방을 붙여 놨군요."

"내가 저걸 발견 못 했다면 어떻게 됐을까?"

"생각만 해도 끔찍하네요."

설화는 잠시 상상에 빠졌다.

한빈이 처리를 안 하더라도 자신이 손을 썼을 것이다.

그 모습에 한빈이 말했다.

"설화야, 지금 저들을 처리할 상상을 했지?"

"아, 아니에요. ……그런데 저들이 누군지 알고 찾아요?"

재빨리 화제를 돌리는 설화의 모습에, 한빈이 짧게 답했다.

"하오문."

"하오문에 물어본다고요?"

"그 말이 아니라, 저기 있던 자들이 하오문 사람들이었다는 얘기였다. 설화야."

"아……. 그런데 하오문이라는 걸 알아도 그들을 어떻게 찾아요? 저렇게 되었으니, 내용을 읽을 수가 없잖아요."

"그건 간단하지."

한빈은 의미심장한 눈빛으로 당세령을 바라봤다.

갑자기 시선을 받은 당세령은 고개를 갸웃했다.

"왜 그러세요? 팽 공자님."

"저기 있는 경비 무사에게 물어보시죠. 아마 어디로 돈을 찾으러 가야 하는지 알 겁니다."

"경비 무사가 어떻게 알겠어요?"

"한번 물어보시죠."

"네, 알았어요."

당세령은 고개를 갸웃하며 경비 무사에게 다녀왔다.

갔다 온 당세령이 신기한 듯 한빈을 바라봤다.

"어떻게 아셨어요?"

"뭘 말입니까?"

"경비 무사가 돈을 건 걸요. 경비 무사가 지금 토설하더라고요."

"전 몰랐습니다. 그냥 느낌이었죠. 그래서 질책하셨나요?"

"덕분에 정보를 얻었으니 일단 비밀로 해 주기로 했습니다."

당세령은 한빈과 경비 무사를 번갈아 봤다.

한빈은 정문을 지키는 무사가 내기에 참여한 것을 어떻게 안 것일까?

그리고 왜 저 경비 무사의 흠을 덮어 줬을까?

그것도 잠시, 당세령은 한빈이 가족이라고 한 말을 떠올렸다.

아마 한빈은 사천당가의 흠을 덮어 주기 위해 비밀로 했을 것이다.

순간 당세령의 눈썹이 반달처럼 휘어졌다.

사소한 것까지 신경 써 주는 한빈의 세심함이 고마웠다.

하지만 한빈은 자신과는 상관없다는 듯 말했다.

"아, 그랬군요."

"어쨌든 감사해요, 팽 공자."

"당연한 일입니다."

한빈은 손을 내저었다.

무엇을 감사한다는 건지는 알 수 없었다.

한빈은 단지 자신이 내기에서 돈을 딴 것을 숨기고 싶었다.

강호 속담에 무공의 삼 할을 숨기라는 말이 있다.

하지만 상계의 속담에는 재산의 구 할을 속이라고 한다.

한빈은 상계의 속담을 따르고 있었다.

한빈의 답에 당세령이 의심 가득한 눈으로 한빈을 바라봤다.

그 시선에도 한빈은 아무렇지 않게 다시 물었다.

"그래서 어디로 가야 한다고 합니까?"

"여기에서 판을 벌였던 하오문 사람들은 모두 만월루로 가 있다고 합니다."

"만월루라……."

한빈은 눈을 가늘게 뜨고 서쪽을 바라봤다.

그러고는 자신의 다리를 힐끔 바라봤다.

그곳에는 만월이 꽂혀 있었다.

사천당가의 무가지보인 만월과 하오문의 만월의 이름이 같은 것이 우연일까?

한빈은 전생의 기억을 떠올렸다.

거기에 사천당가가 무가지보인 만월을 빼앗아 간 것이 혈교라 했다.

그러지 않아도 그 관계를 알아보기 위해 만월루에 찾아가려고 했다.

뭐, 겸사겸사 오늘은 좋은 일이 생길 것만 같은 느낌도 들었다.

한빈의 의미심장한 웃음에, 당세령은 흠칫 어깨를 떨었다.

이건 백 할의 확률로 안 좋은 일이 일어난다는 징조였다.

칠음현에서도 저 미소 이후에 사건이 일어났다.

영단산에서도 마찬가지고 말이다.

그때 한빈이 나지막이 말을 이었다.

"이제 출발하죠."

그때였다.

당세령이 다급하게 외쳤다.

"당 공자님! 먼저 일꾼부터 구해야 하지 않나요?"

"지금은 하오문이 먼저입니다."

말을 마친 한빈이 몸을 돌려 휘적휘적 걸어갔다.

만월루의 팔 층.

어깨를 살짝 떨고 있는 것은 당세령뿐이 아니었다.

만월루의 최상층인 팔 층에서 반쯤 누운 자세로 부채를 들고 있던 백미랑도 갑자기 등에서 느껴지는 한기에 자세를 고쳐 앉았다.

그러고는 가늘게 어깨를 떨었다.

그 모습에 그녀의 호위인 양하삼이 재빨리 달려왔다.

양하삼이 백미랑의 한 걸음 앞에 멈췄다.

본능적으로 딱 한 걸음 앞에서 멈춘 그가 다급하게 물었다.

"문주님, 괜찮으십니까?"

"괜찮다."

백미랑은 손을 휘휘 저었다.

휘적이는 소맷자락 사이로 백미랑의 매서운 눈빛이 보이자, 호위 양하삼이 재빨리 뒤로 물러섰다.

그는 그제야 자신의 실수를 깨달았다.

문주 백미랑은 허락 없이 자신이 일 장 안에 사람을 들이지 않는다.

오죽하면 삼미랑이라는 별호와 함께 그림의 꽃이라는 의미의 화중화(畵中花)라는 이름으로 불리기도 한다.

꽃은 꽃이되, 그저 바라만 볼 수밖에 없는 것이 백미랑이었다.

양하삼은 슬쩍 백미랑의 눈치를 봤다.

본능적으로 멈추긴 했지만, 자신이 일 장이란 절대적인 거리에서 한 걸음 지나쳤음을 그는 알았다.

양하삼은 뒤로 물러나 포권한 채 바싹 머리를 조아렸다.

호통이 떨어져도 이해할 수 있다는 듯 그는 정중하게 포권했다.

양하삼은 왜 백미랑이 이런 습관을 가지고 있는지는 모른다.

하지만 그것이 대의명분에서 벗어나지 않는다는 것은 확신했다.

하오문에서 대의명분을 논한다는 것 자체가 우스운 일이지만, 사천 지부의 백미랑만큼은 대의에 충실했다.

그러니 사파나 정파나 할 것 없이 함께 어울리는 것이 아니겠는가.

양하삼이 뒤로 물러나자 백미랑은 눈을 가늘게 뜨며 물었다.

"지시한 일은?"

"한 치의 오차도 없이 배치했습니다."

양하삼은 속으로 안도의 한숨을 내쉬었다.

그때 백미랑의 잔잔한 목소리가 다시 흘러나왔다.

"판돈을 건 자가 하북팽가의 사 공자라는 것도 정확한 것이 맞지?"

"네, 그것도 확인해 봤습니다. 판돈을 건 자는 분명히 사 공자가 맞습니다."

양하삼이 다시 한번 고개를 끄덕였다.

고개를 끄덕이고는 있지만, 양하삼은 백미랑이 지시한 일의 진의를 알 수 없었다.

백미랑은 묘하게 이번 일만큼은 대의명분에서 벗어나는 지시를 내렸다.

이것은 이제까지 백미랑이 벌여 온 일과는 전혀 다른 일이었다.

내기의 승자가 백정이건 승려이건 하오문에는 중요하지 않았다.

하지만 백미랑은 그것은 하북팽가의 사 공자라는 것을 안 후부터 태도가 달라졌다.

백미랑은 하북팽가 사 공자가 이곳까지 오는 동안 몇 가지 시련을 줄 것을 지시했다.

묘한 것은, 그 시련이란 게 정파의 인물이 거부하기 힘든 것이었다는 점.

하지만 그 시련을 모두 받아들인다면 하북팽가의 사 공자는 이곳에 자정까지 도착하지 못할 터였다.

만약 시련을 거부한다면?

아마도 정파인 하북팽가의 명성에 보기 좋게 금이 갈 것이 었다.

정파라면 이도 저도 못 할 상황을 만들어 놓은 것이다.

그때 다시 백미랑이 말했다.

"작전은 정확히 하달한 것 맞지? 양 호위?"

"네, 맞습니다. 하북팽가 사 공자의 약점에 대해서도 모두 전달했습니다. 그 아이들은 이쪽 방면의 전문가들이니, 잘 해낼 겁니다. 문주님께서는 걱정하지 않으셔도 됩니다."

"내가 무슨 걱정을……. 지난번에 청성의 고수들도 홀딱 벗겨 먹었잖아. 호호."

백미랑은 슬쩍 입맛을 다셨다.

양하삼은 그녀의 표정을 슬쩍 훔쳐봤다.

그는 재빨리 고개를 돌렸다.

당황한 자신의 표정을 숨기기 위해서였다.

백미랑은 다른 뜻을 품고 있는 것만 같았다.

약간은 천박한 듯한 말투.

거기에 슬쩍 올라간 입꼬리.

모든 것이 함정에 빠진 상대를 상상하며 즐거워하는 것 같지만, 백미랑의 눈빛만은 촉촉했다.

마치 연인을 기다리는 여인의 눈동자라고나 할까?

과연 어떻게 된 것일까?

물어볼 수는 없는 일.

그저 주인인 백미랑의 행동을 지켜볼 수밖에 없었다.

호위 양하삼이 이런저런 생각을 하며 백미랑의 안색을 살피고 있을 때였다.

창밖에서 참새 우는 소리가 들렸다.

짹짹.

그 소리에 백미랑이 일어나 창문을 열었다.

창문 아래에는 참새 한 마리가 비에 젖은 채 백미랑을 바라보고 있었다.

백미랑이 손을 내밀자 참새가 쪼르르 그녀의 손등에 날아와 앉았다.

참새는 백미랑의 손에 조그마한 쌀 한 톨을 뱉어 낸다.

툭.

백미랑은 그 쌀을 확인하고는 입꼬리를 올렸다.

쌀알에는 단 한 글자가 각인되어 있었다.

출(出).

이것은 하북팽가의 사 공자가 사천당가의 담장을 넘어섰다는 이야기였다.

백미랑은 품에서 조그마한 함을 꺼냈다.

새끼손가락 한 마디만 한 조그마한 함은 얼핏 보기에는 화장 도구가 들어 있는 것처럼 보였다.

백미랑은 그 함을 열더니 조그마한 실을 꺼냈다.

그 실은 백미랑의 손끝에서 꿈틀거린다.

그것은 실이 아닌 가느다란 지렁이였다.

백미랑은 실지렁이를 참새의 입에 가져갔다.

참새가 그것을 재빨리 받아먹었다.

그 모습에 백미랑이 말했다.

"그만 돌아가거라, 조조야."

짹짹.

참새가 백미랑의 말을 알아들은 듯 소리를 내더니 푸드덕 댔다.

그러고는 재빨리 백미랑의 손등에서 날아올랐다.

그 장면을 보던 양하삼은 마른침을 삼켰다.

가장 궁금한 것이 바로 저 새의 정체였다.

양하삼이 보기에 저 새는 보통 참새가 아니었다.

그러지 않고서야 저리 말을 알아들을 수는 없었다.

게다가 저 참새는 백미랑이 가라는 곳을 정확히 찾아갔다.

물론 참새가 가 본 곳 혹은 알고 있는 사람에 한해서 말이다.

저 먹이 역시 보통 실지렁이가 아닌 것이 분명했다.

저 먹이를 먹을 때면 참새가 묘하게 활기를 찾는 것 같았다.

사람으로 치면 마치 영약을 먹은 것과 비슷했다.

양하삼이 호기심을 피워 올리고 있을 때였다.

백미랑이 나지막한 목소리로 말했다.

"이제 양 호위도 그만 나가 보지."

"알겠습니다, 문주님."

양하삼은 예를 갖춘 뒤 재빨리 방을 빠져나왔다.

그러고는 전각의 복도에 있는 창밖을 바라봤다.

곧 그는 생각지도 못한 광경에 입을 딱 벌렸다.

그도 그럴 게, 당연히 사람들이 몰릴 것이라고는 생각했다.

판돈을 건 사람만 해도 이백은 족히 넘으니 말이다.

하지만 창밖으로 보이는 광경은 그야말로 인산인해를 이루고 있다.

이건 과장이 아니라 진짜 그렇게 보였다.

객잔과 다루가 모여 있는 저잣거리에는 사천의 모든 사람이 모여 있는 것만 같았다.

그때 기녀 하나가 양하삼의 표정을 보고 고개를 갸웃했다.

"양 호위님 아니세요?"

"허, 예연이구나. 판돈을 건 자라고 해 봤자 고작 삼백에 불과한데, 저건 사천의 백성들이 다 모여 있다고 해도 과언이 아니더냐?"

"에이, 문주님 바로 옆에 계시면서 저걸 모르세요?"

"너는 알고 있다는 말 같구나."

"그럼요. 우리 애들도 지금 난리가 아니에요."

"난리라니, 그게 무슨 말이냐?"

"백 년 이래 최고의 판돈을 딴 자가 이곳으로 오고 있다는 소문이 쫙 퍼졌어요. 우리 애들도 그자한테 잘 보여서 한몫 단단히 잡으려고 모두 준비하고 있는걸요."

"하하, 그렇게 된 거였구나. 그런데 너는 왜 준비를 안 하느냐?"

"제가 기루 경력이 몇 해인데요? 오르지 못할 나무는 쳐다보지도 않아요. 차라리 기녀보다는 저기 거리에 있는 거지처럼 동냥 그릇을 들고 있는 것이 확률이 높을걸요. 헤헤."

예연이라는 기녀는 아무렇지 않게 웃었다.

그 모습에 양하삼도 따라 웃었다.

가끔 기녀 중에는 속세를 떠난 듯 세상을 여유 있게 보는 자들도 있었다.

사실, 이것은 조금 과장이고 이곳 만월루에는 특이한 아이들이 많았다.

몸을 팔지 않고 예를 파는 기녀.

몸과 예, 둘 다 팔지 않는 기녀.

예연처럼 득도한 듯 보이는 기녀까지, 그 부류가 다양했다.

사실 예연도 다른 기루에 간다면 최고의 자리를 차지할 수 있는 미모였다.

그러나 이곳 만월루에서만큼은 평범했다.

그때였다.

밖에서 소란이 일어났다.

좋은 자리를 잡기 위한 쟁탈전이 벌어지고 있었다.

점점 몰려드는 인파.

양하삼은 이것이 하북팽가의 사 공자가 맞이할 시련 중 하나임을 깨달았다.

저곳을 가로질러 만월루로 들어온다는 것은 그야말로 자살 행위.

누가 돈을 타 갔다는 것을 아는 순간 하북팽가 사 공자의 주머니는 밑 빠진 항아리가 될 것이었다.

같은 시각.

앞서 휘적휘적 걷는 한빈을 본 설화가 다급하게 물었다.

"공자님, 만월루로 가시는 길은 알고 계시는 거예요?"

"설마 내가 모르고 앞장서겠냐? 당연히 알지."

"앗, 언제 다 조사하신 거예요?"

"내가 항상 말했지? 준비는 철저히."

"네, 준비는 철저히, 그리고 후퇴는 재빨리 하라고 항상 말씀하셨잖아요, 그런데…….."

설화가 말끝을 흐리며 고개를 갸웃하자, 한빈이 재빨리 물었다.

"왜 그러느냐?"

"저기 사람이 쓰러져 있는데요."

설화가 관도 가운데에 쓰러져 있는 사람을 가리켰다.

그의 옆에는 수레가 하나 멈춰 있었다.

딱 보기에도 쓰러진 자는 머리가 희끗한 것이 제법 나이가 들어 보였다.

거기에 움직임이 없는 것으로 봐서 의식을 잃은 것이 분명했다.

사람들은 그 수레를 보고 그저 지나칠 뿐 도움을 줄 생각은 하지 않고 있었다.

매정하다고 생각할 수도 있지만, 사천당가에 대한 소문이 일파만파 퍼진 직후라 사천 사람들의 경계심이 극도로 높아진 상태였다.

어찌 보면 당연한 일이었다.

설화가 옆을 보더니 작게 속삭였다.

"우리라도 도와야 할 것 같아, 청화야."

"그래요, 언니."

설화와 청화가 그에게 달려가려 할 때였다.

그 모습에 당세령이 재빨리 나섰다.

"우리는 다른 길로 피해 가는 게 좋을 것 같다. 설화야, 청화야."

그녀는 턱짓으로 다른 길을 가리켰다.

청화와 설화가 고개를 갸웃한다.

돌발 상황에 한빈은 그녀가 가리키는 길을 힐끔 바라보다가 기감을 최대한으로 높였다.

순간 한빈의 입꼬리가 살짝 올라갔다.

그러더니 뭔가 알았다는 듯 고개를 끄덕인다.

갑작스러운 모습에 당세령은 호기심을 이기지 못하고 물었다.

"팽 공자님, 왜 그러세요?"

"그냥 저쪽으로 가죠."

한빈이 사람이 쓰러진 곳을 가리키자 당세령이 재빨리 답했다.

"저쪽은 아무래도 불길해서요. 관도 위에 수레가 멈춰 있는 것도 그렇고 주변에 사람들이 없는 것도 그렇고. 누가 봐도 함정 같잖아요."

당세령은 멀리 있는 수레를 다시 한번 가리켰다.

사실 다른 때 같으면 누구보다 먼저 달려가서 무슨 일인지 파악하고 도움의 손길을 줬을 것이었다.

그것이 정파인 사천당가가 사천을 관리하던 방법이었으니 말이다.

말하자면 당근과 채찍을 모두 사천당가가 가지고 있어야 한다는 논리였다.

하지만 암제와의 혈투를 경험하고 나자 당세령은 당가가 지배하고 있다는 사천 땅조차 안심할 수 없다는 생각이 들었다.

소위 말하는 의심병이었다.

그때 한빈은 먼저 앞서 나가기 시작했다.

당세령과 나머지 사람도 할 수 없이 한빈을 쫓았다.

휘적휘적 걷던 한빈은 길 한가운데에 쓰러져 있는 사람의 앞에 멈췄다.

하지만 바로 그에게 다가가지는 않았다.

희끗희끗한 머리와, 피부에는 주름이 잡혀 있고, 손에는 굳은살이 박여 있었다.

얼핏 보기에는 육십 가까이 되어 보이는, 근처의 농부로 보였다.

한빈은 마차와 주변의 흔적을 살폈다.

한빈이 주위를 살피고 있을 때, 설화가 물었다.

"공자님, 어떻게 된 것 같아요?"

"수레바퀴가 빠졌군. 흔들리면서 이자는 떨어졌고 운 없이 그 바퀴에 다리가 깔린 것 같구나."

그때였다.

정신을 잃은 것으로 보이는 사내가 신음을 내며 깨어났다.

"으음, 사, 살려 주시오."

그 소리에 한빈은 천천히 그에게 다가갔다.

노인은 힘겨운 듯 어깨를 바르르 떨었다.

그때였다.

지나가던 사람 중 몇 명이 한빈과 노인의 주변으로 몰려들었다.

그들 중 몇은 상인처럼 보였다.

그들은 한빈이 있는 쪽으로 다가와서는 호들갑을 떨기 시작했다.

그중 초립을 쓴 상인이 말했다.

"저기 사람이 쓰러져 있군. 어떻게 하나?"

"그러게 말일세. 그런데 저분은…….."

말끝을 흐린 대머리의 상인이 한빈을 가리켰다.

그 모습에 초립을 쓴 상인이 물었다.

"왜 그러나?"

"저 사람……. 어디선가 본 듯하단 말이야."

"에이, 사천에서 오갈 때 본 모양이지."

"사천이 아니라 다른 곳에서 본 것 같으니 그러지."

"다른 곳이라면…….."

"내 지난번에 하북에 갔다 오지 않았나?"

"그랬지."

"그때 하북에서 유명한 천수장의 장주님을 본 적이 있거든."

"천수장이라……. 생불이라 불리던 그분을 말하는 것인가?"

"그래, 그 생불이라 불리는 천수장의 장주님과 똑같이 생겼네그려."

"허, 저분이 천수장의 장주님이라면……. 저 노인을 치료해 주시겠군."

"하북에서 뵙고 사천에서도 천수장의 장주님을 뵙다니 행운이군. 저 노인은 천운인 게야. 생불을 여기서 만나다니 말일세."

그들의 대화는 묘하게도 목소리가 컸다.

그 목소리에 지나가던 사람들이 고개를 갸웃하며 잠시 걸음을 멈췄다.

이제 상인뿐 아니라 그냥 지나치려던 행인들도 한빈의 주위에 몰려들었다.

순간 누군가가 나지막한 목소리로 말했다.

"저분이 의술로 유명하다는 천수장주네."

"허허, 그렇군. 나도 들어 봤다네."

"천수장이라고? 나는 처음 들어 보는데……."

"예끼, 이 사람아. 어떻게 그 이름을 처음 들어 본다는 말인가? 장운현에서 수많은 사람을 구하지 않았나. 덕분에 천수장의 가까운 곳에는 마을까지 생겼다지."

"그러고 보니 들어 본 것 같기도 하네."

사람들도 걸음을 멈추고 한빈을 바라봤다.

덕분에 한빈을 둘러싼 사람들의 수가 많아졌다.

그들은 너나 할 것 없이 한빈에게 집중했다.

그때 그들 중 하나가 말했다.

"그런데 천수장의 장주가 하북팽가의 사 공자라지?"

"허허, 그게 사실인가? 하북팽가의 사 공자라면 하북 최고의 겁……."

거기까지 말한 행인은 말을 멈췄다.

그때 그의 옆에 있던 행인이 그의 말을 받았다.

"그건 옛날 일이고, 저렇게 고매한 인품과 대단한 의술을 가지고 있는데 어찌 겁쟁이라고 말할 수 있단 말인가?"

"듣고 보니 그러네그려!"

그들의 대화에 다른 행인들은 모르던 사실까지 알게 되었다.

또한 그들의 설명 덕분인지 한빈을 바라보는 행인들의 눈에서는 호기심이 맴돌았다.

이제 그들의 관심은 한빈의 고매한 성품과 의술에 쏠렸다.

그들의 시선을 받은 한빈은 피식 웃었다.

이것은 누군가가 만들어 놓은 덫이었다.

왜 이런 덫을 놓는지는 모르지만, 인위적으로 만들어진 상황.

저들 중 몇몇은 몰이꾼이 분명했다.

몰이꾼이란 사기를 칠 때 상대를 구석으로 몰아넣는 역할을 하는 이를 말한다.

하지만 지금 막 몰려든 사람 대부분은 덫을 놓은 자들과는 상관없는 일반 백성들이다.

지금 한빈의 행동에 따라 하북팽가의 위세가 높아질 수도.

한없이 낮아질 수도 있다.

문제는 노인이 진짜 환자냐 하는 점이었다.

우습게도 저 노인은 젊은이가 분명했다.

손과 굳은살까지 완벽하게 분장했지만, 그들이 간과한 것이 하나 있었다.

그것은 목 뒤쪽의 피부였다.

그곳만은 손을 안 댔는지 탱탱했다.

적일까?

아군일까?

그것도 모른 채 그냥 속아 넘어가기는 싫었다.

그것은 자존심의 문제니까.

노인으로 분장한 자를 살피던 한빈은 손을 탁탁 털며 자리에서 일어났다.

"음, 고칠 수 있겠군."

한빈의 말에 설화는 고개를 갸웃했다.

설화는 한빈에게 의술에 대한 소양이 조금도 없음을 알고 있었다.

물론 응급처치나 독에 대한 이해는 높았다.

하지만 한빈은 의원이 아니었다.

그런데 이렇게 큰소리치니 이해가 안 되었다.

"공자님……."

"괜찮다. 강북 정파의 주축인 하북팽가의 일원으로서 어찌 아픈 자를 보고 그냥 지나칠 수가 있겠느냐?"

한빈은 마치 석가여래가 현신한 듯한 자애로운 미소를 짓고 있었다.

설화는 더욱 이해가 안 되었다.

실리주의의 극을 향하는 한빈이 약한 자를 위해 시간을 버린다는 것이 그녀는 이해가 안 되었던 것.

설화가 의문을 뭉게뭉게 피워 올릴 때, 한빈은 몸을 풀기 시작했다.

목을 돌리고.

주먹을 쥐고는 뚝뚝 소리가 나도록 손가락 관절을 풀었다.

그 모습에 당세령이 눈매를 좁혔다.

뭔가 싸한 분위기를 느꼈기 때문이었다.

"팽 공자님, 지금 뭐 하시는 거예요?"

"저분을 치료할 준비를 하고 있습니다."

"그게 치료 준비를 하는 거라고요?"

당세령은 고개를 갸웃했다.

저건 치료하려는 모습이 아니었다.

마치 누군가를 겁박하기 위해 몸을 푸는 저잣거리의 왈패와도 같았다.

거기에 더해 그녀에게는 의문이 하나 있었다.

한빈과 하북에서부터 사천까지 동행하면서 많은 것을 알게 된 당세령이었다.

천수장이 의술로 유명하다는 것은 모두 의원인 장자명 덕분이었다.

이제까지 한빈은 누군가를 치료해 본 적이 없었다.

그런데 갑자기 저 노인을 치료하겠다고?

그때 한빈이 말했다.

"저 노인의 증세는 실로 위태롭습니다."

"그게 무슨 말이에요?"

"저 노인은 수레바퀴에 다친 것이 아닙니다."

"앗, 그럼 뭐예요?"

"저 노인에게는 선천적인 문제가 있습니다."

"선천적인 문제라니, 심각한 건가요?"

"아무래도 뇌공절맥 같습니다."

"뇌공절맥이라니, 그게 무슨 말씀이에요?"

"시간이 없으니 자세한 설명은 생략하겠습니다. 다만, 기를 모아 저 노인의 단전 부근에 모인 사악한 기운을 한 번에 박살 내야 저 병을 치료할 수 있습니다. 그러니 잠시 물러나 주시겠습니까?"

말을 마친 한빈은 노인으로부터 물러났다.

당세령이 다급하게 말렸다.

"공자님, 다치셨잖아요. 이제는……."

그녀는 말을 맺지 못하고 조용히 한빈의 오른팔을 바라봤다.

오른팔이 망가져서 이제는 한빈이 전과 같은 무공을 못 쓴다는 소문은 일파만파 퍼진 상태였다.

그 모습에 한빈이 자애로운 미소를 지었다.

"팔은 못 써도 다리는 멀쩡하니……. 저 노인을 위해 시술하겠습니다. 하지만 나도 노인을 완벽히 치료한다고는 보장 못 합니다. 단지 최선을 다할 뿐이지요."

"아."

이것은 순수한 존경심에서 나온 탄성이었다.

이제까지 한빈에게는 찾아볼 수 없었던 자애로움에 대한 경외였다.

그때였다.

한빈이 고개를 돌려 행인들을 바라봤다.

행인들이 의아한 듯 고개를 갸웃하자, 한빈이 말을 이었다.

"저 사악한 대법을 파훼하기 위해서 제 본원진기까지 모두 쓰겠지만……. 노인의 기력이 쇠해졌으니 다시 깨어나지 못할 수도 있습니다. 그것에 대해서는 여러분이 증인이 되어 주십시오."

"좋소."

누군가가 말하자 한빈이 흡족한 표정을 지었다.

대화를 마친 한빈은 서서히 진기를 모으기 시작했다.

한빈은 반박귀진을 풀었다.

그러고는 남들이 보란 듯이 기세를 피워 냈다.

한빈의 기세에 행인들의 눈이 커졌다.

물론 한빈 본연의 기세는 아니었다.

사람들이 놀랄 정도로만 알맞게 힘을 풀었다.

한빈은 그들의 시선에는 아랑곳하지 않고 파혼검의 기운
을 오른쪽 다리로 몰았다.

전에는 몰라도, 지금은 신검합일을 성취한 그였다.

한빈의 몸이 용린검이자, 검은 한빈 그 자체였다.

스스-슥.

한빈의 몸 안에서 용린의 기운이 노도처럼 몰아친다.

하지만 기운만 계속 모을 뿐, 조금도 움직이지 않았다.

그것을 바라보던 행인들은 웅성거리기 시작했다.

"뇌공절맥이라니! 그런 병이 있었나?"

"그런 말 하지 말게. 우리가 모든 병을 아는 것도 아니지
않나!"

"하긴, 지금은 그게 문제가 아니지. 하북팽가의 사 공자가
저 노인을 치료하느냐가 중요한 것이지."

"그만 떠들고 우리는 팽가의 사 공자가 어떻게 치료하는지
나 구경함세."

"그런데 말일세, 하북팽가의 사 공자라면……."

"앗, 그러고 보니 사천의 나루터에서 진룡소협의 칭호를 받았던 후기지수가 아니던가?"

"그러네, 맞네그려."

"허허, 천수장의 장주가 하북팽가의 사 공자이면서 진룡소협이라니!"

"그럼 무공과 의술을 모두 갖췄다는 게 아닌가?"

"무공은 얼마 전에 많이 다쳐서 쓰지 못한다고 들었네. 지금도 팔을 못 쓴다고 하지 않았나?"

말한 이는 안쓰러운 눈으로 한빈을 바라봤다.

그때 행인 하나가 말했다.

"쉿. 치료하는 데 방해되겠네."

그 말을 마지막으로 행인들은 약속이나 한 듯 입을 다물었다.

하지만 행인 중에 몇은 불안한 감정을 감추지 못했다.

그들은 서로를 바라보며 눈짓했다.

그것도 잠시, 그들은 고개를 저었다.

무슨 일인지 모르겠다는 표시였다.

그렇게 신호를 주고받은 사람들은 처음에 바람을 잡았던 상인들이었다.

하지만 가장 놀란 이는 따로 있었다.

그는 바로 노인으로 변장하고 있던 하오문의 무사였다.

사천당가의 담장에 앉아서 비무 대회를 설명하던 무사가 바로 그였다.

그의 이름은 양중삼이며, 백미랑의 호위인 양하삼의 형이었다.

그의 무위는 동생인 양하삼보다는 한참 아래였다.

하지만 변장술과 경공은 양하삼보다 위였다.

경공의 대가들이 많다는 사천의 하오문에서는 가장 빠르다고 소문이 난 자가 바로 양중삼이었다.

그는 다친 노인으로 위장해서 하북팽가의 사 공자를 막는 것이 목적이었다.

무력으로 막는 것이 아니라.

지략으로 막는 것이 그의 임무였다.

그것은 상대의 측은지심을 공략하면 간단했다.

사파라면 먹히지 않을 테지만, 정파라면 백이면 백 이 수법에 당하기 마련이었다.

거기에 주변에 보는 눈이 있다면 상대는 양중삼이 쳐 놓은 거미줄에 걸려들 수밖에 없었다.

세인들의 눈치를 보며 '의(義)'라는 한 글자에서 벗어나지 못하는 것이 정파의 약점이니 말이다.

양중삼은 상대가 치료하겠다고 일어섰을 때 걸려들었다고 확신했었다.

그런데 갑자기 몸을 푸는 것이 아닌가?

뚝뚝 소리를 내며 관절을 꺾는 모습이 시정잡배들보다도 불량스럽게 보였다.

양중삼의 불안감은 그때부터 점점 커졌다.

거기에 뇌공절맥이라는 듣도 보도 못한 병명을 대더니 갑자기 기세를 피워 내기 시작했다.

당연히, 양중삼은 다친 곳이 하나도 없었다.

완벽한 위장을 위해 다리에 혈도를 찍어 놓았을 뿐이다.

그런데 치료할 수 없는 병이라니!

이게 대체 무슨 말인가?

지금 가장 중요한 것은 하북팽가 사 공자의 다리에서 상상도 못 할 진기가 소용돌이치고 있다는 점이었다.

저 진기로 자신의 단전을 박살 내는 것이 치료법이라고?

양중삼의 이마에 땀방울이 송골송골 맺혔다.

저기에 맞으면 단전이 박살 난다는 것은 자명한 일이었다.

양중삼은 자신도 모르게 천천히 손을 허벅지 쪽으로 옮겼다.

자신이 막아 놓은 점혈을 풀기 위해서였다.

툭.

양중삼은 가볍게 혈도를 눌렀다.

툭.

그는 조금 더 세게 혈도를 눌렀다.

순간 그는 비명을 질렀다.

'앗!'

이제까지 지른 비명이 연기였던 반면, 지금의 비명은 진짜였다.

아무리 혈도를 눌러도 점혈이 풀리지 않았기 때문이었다.

그것도 잠시, 그는 더 당황하기 시작했다.

뭐지?

양중삼은 눈을 크게 떴다.

비명까지 입 밖으로 나오지 않았다.

'이런 제길!'

양중삼은 뭔가 일이 잘못되었음을 깨달았다.

순간, 그는 하북팽가의 사 공자가 자신의 몸을 살폈던 때를 떠올렸다.

분명히 그때 점혈을 당했을 것이다.

그렇다면, 하북팽가의 사 공자가 왜 자신을 점혈했다는 말인가?

의문을 떠올리던 양중삼은 오한이 들기 시작했다.

혹시 하북팽가의 사 공자가 자신들이 파 놓은 함정을 간파했다면?

함정을 파 놓았다는 것은 아군이 아닌 적.

그렇다면 자신을 죽이려는 것도 당연했다.

양중삼은 상인으로 위장한 자신의 동료들을 바라봤다.

양중삼은 필사적이었다.

입과 다른 신체는 움직이지 않지만, 눈은 끔벅일 수 있었다.

그는 눈을 끔벅여 하오문 고유의 신호를 그들에게 보냈다.

끔벅, 끔벅.

하지만 양중삼의 동료들은 반응이 없었다.

갑작스러운 상황에 그들도 정신을 못 차리고 있는 것이다.

양중삼은 이를 악물었다.

혼신의 힘을 다해 막힌 혈도를 복원하려 애썼다.

양중삼의 눈은 실핏줄이 터져 붉게 물들었다.

그 모습에 행인들의 눈이 커졌다.

누군가 양중삼을 가리키며 외쳤다.

"저것 보게! 눈이 벌게졌네!"

행인의 외침에 모두가 양중삼의 눈을 바라봤다.

동시에 주변은 술렁이기 시작했다.

누가 봐도 양중삼의 눈은 정상이 아니었다.

모두가 술렁이는 가운데, 행인 중 누군가가 동행을 보며 말했다.

"허허, 하북팽가의 사 공자 말이 맞았네그려."

"이제는 그렇게 부르지 말게."

"그럼 뭐라 부르나?"

"진룡소협이라는 별호가 있는데, 그렇게 부르면 섭섭하지."

그는 자신의 동행을 노려봤다.

진심이 담긴 그 눈빛에 그도 고개를 끄덕였다.

"알겠네. 나도 오늘부터 진룡소협을 좋아하기로 했네."

"저기 보게. 진룡소협이 움직이기 시작했네."

모두는 마른침을 삼키고 한빈을 바라봤다.

한빈은 주변의 시선에 아랑곳하지 않고 노인으로 변장한 양중삼을 향해 천천히 걸어갔다.

그때였다.

양중삼의 몸이 서서히 움직이기 시작했다.

그의 관절에서 마치 수수깡 꺾이는 소리가 들리는 것 같았다.

딱, 딱.

묘한 소리와 함께 그가 미세하게 움직였다.

그때를 맞춰 한빈이 달렸다.

타다닥.

마치 적토마가 적진을 향해 돌진하는 듯한 기세로!

한빈이 양중삼에게 도착하기까지 불과 두 걸음이 남았을 때였다.

양중삼이 갑자기 벌떡 일어났다.

그러고는 뒤도 돌아보지 않고 달렸다.

타다닥.

타다닥.

한빈이 달려온 동작이 적토마의 모습이었다고 하면.

양중삼이 뛴 동작은 전설 속의 한혈마와 같은 모습이었다.

순간 모두의 눈이 커졌다.

침묵이 대기를 짓누르는 듯한 착각마저 들 정도로 주변은 고요했다.

그 고요함이 깨진 것은 찰나.

짝, 짝.

누군가의 박수 소리를 시작으로 고요함은 열기로 바뀌었다.

짝, 짝.

그 소리를 뚫고 누군가의 목소리가 튀어나왔다.

"진룡소협이 노인을 치료했다!"

그 목소리에 모두는 손뼉 치는 동작을 멈추고 조용히 한빈을 바라봤다.

그들에게는 노인이 어디로 달려갔는지 중요하지 않았다.

왜 도망치듯 떠났는지도 중요하지 않았다.

꼼짝달싹 못 하고 죽어 가던 사람이 갑자기 일어나는 기적을 봤다는 것만이 중요했다.

그들은 한빈을 바라보기만 했다.

가까이 가기에는 한빈이 너무 숭고하게 느껴졌기 때문이다.

그때 조그마한 아이 하나가 한빈을 향해 걸어갔다.

"찐룽소협."

정확하지 않은 발음으로 한빈을 부르는 아이.

아이의 부모는 다급하게 손을 내밀어 말렸다.

"애야, 그만⋯⋯."

하지만 아이를 말리기에는 너무 늦었다.

아이는 쪼르르 한빈을 향해서 달려갔다.

그 모습에 아이의 어미는 재빨리 뒤를 따랐다.

아이가 달려오는 모습에 한빈은 부드럽게 웃었다.

그러고는 힐끔 설화와 청화를 바라본다.

둘은 동시에 고개를 끄덕였다.

이제는 청화 역시 말하지 않아도 통하는 경지에 이르렀다.

한빈은 슬쩍 쪼그려 앉아 아이의 눈을 바라봤다.

아이가 활짝 웃으며 입을 열었다.

"찐룽소협."

"그래, 착하게 생겼구나. 몇 살이지?"

"음⋯⋯."

아이는 고민하다가 손가락 네 개를 폈다.

그 모습에 한빈이 사람 좋은 얼굴로 말을 이었다.

"네 살이구나. 내가 안아 주고 싶어도 몸이 불편해서 그렇게는 못 하겠고⋯⋯. 혹시 찹쌀떡이 좋니? 당과가 좋니?"

"⋯⋯."

한빈의 말에 아이는 아무 말 없이 고개를 갸웃했다.

갑작스러운 질문이라 답하지 못한 것이다.

그 모습에 한빈은 힐끔 설화와 청화를 바라봤다.

그리고는 손가락을 튕겼다.

딱.

그 소리에 설화와 청화가 다가왔다.

설화는 아이의 오른손에 당과를 쥐여 줬고.

청화는 아이의 왼손에 찹쌀떡을 쥐여 줬다.

아이는 생글생글 웃으며 뒤로 돌아갔다.

순간 함성이 터졌다.

"역시 진룡소협이야!"

"어찌 저런 성품이 있을 수가……!"

"소문대로 생불이 맞네, 맞아!"

경외가 친근감으로 바뀌는 순간 한빈은 사람들의 마음에 자리 잡았다.

그때였다.

누군가가 고개를 갸웃하더니 동행에게 말했다.

"그러고 보니 천하제일세가는 하북팽가네."

"자네, 그건 조금 무모한 발언 아닌가?"

동행이 눈을 가늘게 뜨고 반문하자, 그는 한빈을 가리키며 말을 이었다.

"진룡소협이 있으니 천하제일세가가 맞지."

"한 명으로 천하제일이라는 단어를 쓰기에는 조금 경솔한 것 같구먼."

"한 명이 아니지. 진룡소협의 뒤에는 또 다른 고수가 버티고 있지 않은가?"

"그게 무슨 말인가?"

"진룡소협이 사파제일인과 정파제일인의 후인이라는 것을 몰랐는가?"

"어떻게 한 명이 동시에 사파제일인과 정파제일인의 후인이 될 수 있다는 말인가? 정파제일이라면 소림사의……."

"그게 아니라, 사파의 적룡대협과 정파의 청운사신을 말하는 것일세. 진룡소협이 그들의 후인이라는 이야기를 못 들었는가?"

"허, 그게 진짜인가?"

"진짜일세. 저분의 의술도 적룡대협과 청운사신에게서 나온 것이라는 소문이 있네."

"허허, 그러고 보니 다 죽어 가는 사람을 살리는 것도 모자라 저리 펄펄 날도록 만드는 것은 내 생전 처음 보네그려."

"나도 처음이라네. 전에 들은 이야기인데, 앉은뱅이 거지 소녀를 고쳤다는 말도 있네."

"허, 그게 하북팽가의 사 공자였나?"

"맞네. 그게 하북팽가, 아니 진룡소협이 맞다네."

행인들의 말에 한빈은 당과를 먹고 있는 설화를 바라봤다.

시선을 느낀 설화는 고개를 갸웃했다.

"공자님, 왜 그러세요?"

"사람들이 설화 얘기를 하고 있네."

"제 얘기를 해요?"

"지금 앉은뱅이 거지 얘기 하고 있잖아."

"헉, 우리 빨리 가요."

설화는 재빨리 한빈의 소매를 잡았다.

지금이야 한빈의 옆에서 오른팔 역할을 하고 있지만, 당시만 하더라도 그녀는 살수였다.

설화는 그때의 일을 떠올리기 싫었다.

거지 복장을 한 것이나 살수였다는 것을 떠올리기 싫은 게 아니었다.

한빈을 제거하려고 했던 당시의 기억을 모두 지우고 싶었다.

그때였다.

한빈 일행에 누군가가 다가왔다.

만월루의 구 층.

루주이자 사천 지부의 문주인 백미랑의 눈은 호기심으로 가득 차 있었다.

그녀는 창문을 활짝 열어 놓고 먼 하늘을 바라보고 있었다.

그때였다.

스르륵.

방문이 열리자 그녀는 재빨리 고개를 돌렸다.

그곳에는 그녀의 호위인 양하삼이 대나무 통을 하나 들고 있었다.

그 모습에 백미랑이 고개를 갸웃했다.

양하삼이 허락도 없이 문을 연 것도 처음이요.

지금 그가 들고 있는 대나무 통, 즉 전서 통도 궁금했다.

"양 호위, 그게 뭐지?"

"첫 번째 현장으로부터 온 전서입니다."

"조조를 안 보내고 전서를 보냈다고?"

백미랑은 고개를 갸웃했다.

하오문 사천 지부는 간단한 전언은 조조를 이용해서 소통했다.

조조는 참새로 보이지만, 그냥 참새가 아니었다.

하오문에 대대로 전해지는 영물이었다.

전설에 의하면 매도 잡아먹는다는 이야기가 있지만, 백미랑도 그것까지 확인해 보지는 않았다.

다만, 이제까지 소식을 전할 때 한 번도 다른 맹수의 공격을 받지 않은 것으로 봐서, 어느 정도 신빙성이 있었다.

중요한 것은 조조가 사람 말을 알아듣고 매나 비둘기보다도 더 빨리 소식을 전한다는 점이다.

그런데 직접 전서를 전하다니?

상당히 복잡한 일이 발생했음이 분명했다.

백미랑은 양하삼이 건넨 전서를 재빨리 확인했다.

순간 그녀의 눈이 한없이 커졌다.

"어찌 이런 일이……."

"왜 그러십니까? 문주님."

"음, 내 예상을 벗어났어."

"뭐가 말입니까?"

"하북팽가의 사 공자 말이야."

"혹시 시험을 통과했습니까?"

"시험을 통과하지는 못했어."

"그럼 함정에 빠진 겁니까?"

"그것도 아니야. 그냥 시험 자체를 없애 버렸어. 거기에 막대한 이득도 얻었다네."

"막대한 이득이라니요?"

"민심(民心)."

말을 마친 백미랑은 이해가 안 된다는 듯 다시 한번 보고서를 살폈다.

아무리 생각해도 이해가 안 되었다.

"뇌공절맥이라……."

보고서를 읽던 백미랑은 눈을 크게 떴다.

그 모습에 양하삼이 다급하게 물었다.

"왜 그러십니까? 문주님."

"임무를 중지시켜라."

"그게 무슨 말씀입니까?"

"준비해 놨던 모든 작전을 중지시켜."

백미랑의 말은 단호했다.

양하삼은 더는 묻지 않고 재빨리 방에서 나갔다.

노인을 치료하고 자리를 떠난 한빈 일행은 이제 만월루를 코앞에 두고 있었다.

당세령은 쉴 틈 없이 한빈을 힐끔거리고 있었다.

아무리 생각해도 지금의 상황이 이해가 안 되었기 때문이다.

그중 가장 궁금한 것은 한빈이 말한 병명이었다.

당세령은 호기심을 참지 못하고 물었다.

"팽 공자님, 뇌공절맥이 뭔가요? 저도 의술은 조금 공부했지만, 그런 병은 처음 들어 봐요."

"처음 들어 볼 수밖에 없습니다. 당연하지요."

"그게 왜 당연해요. 제가 이래 보여도 사천당가에 있는 의술 서적은 대부분……."

"세상에 없는 병이니까요."

"없는 병이라니, 그게 무슨 말씀입니까? 아까 치료했잖아요."

당세령은 고개를 갸웃했다.

그녀는 한빈이 환자를 치료했다고 믿고 있었다.

다소 황당한 방법이긴 했지만, 한빈은 분명히 수상쩍은 노인을 치료했다.

그런데 난데없이 없는 병이라고 하니 이해가 안 되었던 것이다.

당황한 그녀의 표정을 본 한빈이 말을 이었다.

"제가 말한 뇌공이란, 뇌가 비어 있다는 말이었습니다. 뇌가 비어서 피가 돌지 않을 정도면 구음절맥보다도 더 심하지요."

"헉, 왜 그런 이름의 병을……."

"상대에게 제 뜻을 전한 겁니다."

한빈이 씩 웃자 당세령이 다시 물었다.

"뜻을 전했다면……. 혹시 그 노인이 가짜 환자였다는 말이에요?"

"그럼요, 당연히 가짜죠. 가짜가 아니라면 어떻게 다 죽어 가던 사람이 벌떡 일어납니까?"

"……."

당세령은 한빈을 뚫어져라 바라봤다.

그것도 잠시, 그녀는 설화와 청화를 번갈아 봤다.

둘은 아무렇지 않게 간식을 오물거리고 있었다.

둘은 자신과는 전혀 다른 반응을 보이고 있었다.

참다못한 당세령이 물었다.

"너희는 안 궁금하니?"

"제가 왜 궁금해해요. 공자님이 알아서 하시는 일인데요."

설화가 멀뚱히 당세령을 바라보자, 옆에 있던 청화가 말을
이었다.

"그냥 공자님을 믿는 거죠. 언니도 의심하지 말고 그냥 믿
으세요."

청화는 눈을 빛냈다.

순간 당세령은 입을 떡 벌렸다.

이것은 주인과 종의 관계 같은 게 아니었다.

그때였다.

앞쪽에서 왁자지껄한 소음이 들려왔다.

당세령은 자신도 모르게 입을 딱 벌렸다.

앞쪽의 저잣거리에는 사천에 있는 모든 사람이 몰려 있는
것만 같았다.

거리에는 발 디딜 틈도 없었다.

사천에 인구가 많기는 해도 이런 적은 없었다.

사천에서 있었던 어떤 행사에도 이렇게 사람들이 밀려들

지 않았다.

　이번에는 설화도 놀란 눈을 하며 걸음을 멈췄다.

　"공자님, 대체 저게 뭐예요?"

　"흠, 사람이 많구나."

　"왜 저렇게 많은 거죠?"

　그때였다.

　지나가는 행인이 불쑥 끼어들었다.

　"사람이 왜 많은지 모르는 걸 보니 이곳 사람이 아닌 듯싶군."

　"그게 무슨 말이에요? 아저씨."

　설화가 묻자, 행인이 말을 이었다.

　"오늘 대단한 사건이 일어났지. 지금껏 사천에서 유례없던 배당액이 터졌어. 그래서 그 판돈을 수령하는 사람을 보기 위해서 이렇게 몰려든 것이고."

　"최고의 판돈이요?"

　설화는 고개를 갸웃했다.

　그것도 잠시, 그녀는 한빈을 바라봤다.

　'설마 아니겠지……'

　그때였다.

　한빈이 손가락을 튕겼다.

　딱.

열 수 앞을 내다보는 한빈

그 소리에 설화가 보따리를 잡았다.

"준비할까요? 공자님."

"그래, 이제 판을 펴야 할 것 같구나."

"어디에 펼까요?"

설화가 묻자 한빈은 조용히 주변을 둘러봤다.

신중하게 눈을 빛내던 한빈이 한 곳을 가리켰다.

그곳은 가끔 공연이 펼쳐지는 무대처럼 보였다.

한참을 바라보던 한빈이 당세령에게 물었다.

"저곳은 아무나 쓸 수 있는 곳입니까?"

"네, 사천의 성주가 만든 무대예요. 누구나 쓸 수 있는 곳이죠."

당세령의 말에 한빈은 그곳을 향해 걸어갔다.

한빈이 향하는 곳은 돌계단이 가지런히 층을 만들고 있었고.

그 아래에는 커다란 청강석이 무대를 이루고 있었다.

공연뿐 아니라, 어찌 보면 시간을 보내기에는 가장 좋은 장소였다.

그런데 이곳에 사람이 드문 이유는 간단했다.

다른 곳보다 지대가 낮아서 만월루를 지켜보기에는 불리한 지형이었기 때문이다.

지금 사천의 사람들이 보고 싶어 하는 공연은 만월루에 어떤 자가 들어가느냐 하는 점이었다.

그러니 지대가 낮은 공연장에는 사람이 드물 수밖에 없었다.

한빈은 청강석으로 만든 무대 위에 철퍼덕 앉았다.

설화는 그 옆에 앉더니 보따리를 펼쳤다.

역시나 지필묵이 가지런히 놓여 있었다.

설화는 망설임 없이 먹을 갈기 시작했다.

스윽-스윽.

난데없는 광경에 당세령이 놀라 물었다.

"공자님, 뭐 하세요?"

"비밀입니다."

"헉."

"농담이고 이쪽으로 와서 나 좀 도와주십시오."

한빈은 당세령을 향해 손짓했다.

당세령은 재빨리 한빈의 옆으로 다가갔다.

그녀가 옆으로 오자, 한빈은 손을 내밀었다.

갑자기 손을 내미는 한빈의 모습에 당세령이 눈을 크게 떴다.

"왜, 왜 그러세요?"

그때 설화가 끼어들었다.

"언니, 그거 말이에요."

설화는 당세령이 들고 있는 짐을 가리켰다.

당세령이 들고 있는 것은 사천당가에서 사람들에게 빌려준 돈을 정리해 놓은 명부와 차용증이었다.

이것을 어디에 쓸 것인가 하는 점이 당세령이 가장 궁금해하는 점이었다.

그런데 지금 차용증을 내놓으라고 하자 그녀는 자신도 모르게 보따리를 움켜잡았다.

그 모습에 한빈이 피식 웃었다.

"사천당가에 일꾼이 필요한 것 아니었나요?"

"그, 그건 맞지만, 이걸로 어떻게 일꾼을 구해요? 혹시 위협하려는 건 아니죠? 사람도 이렇게 많이 몰려 있는데 만약에 이 차용증으로 위협해서 일을 시키려는 거라면……."

"가주님은 내게 이 일을 맡겼습니다. 내가 이 차용증으로 사람들을 구워 먹든 삶아 먹든 그건 걱정할 일이 아니지 않습니까?"

한빈의 말에 당세령은 어쩔 수 없이 명부와 차용증을 건넸다.

한빈은 명부를 쭉 훑어보더니 자리에서 일어났다.

잠시 의미심장한 표정으로 앞을 바라보던 한빈은 재빨리 용린검법의 초식 중 하나를 떠올렸다.

'허장성세.'

'반박귀진.'

허장성세에 반박귀진을 씌운다면?

한빈은 그것을 지금 시험해 볼 터였다.

허장성세라는 것은 사람들을 기세로 옥죄는 효과가 있다.

거기에 더해 복어가 몸을 부풀리는 것처럼 한빈의 경지를 착각하게 만든다.

그런데 반박귀진의 경우는 정반대였다.

한빈의 무위를 완벽하게 숨겨 주는 도구였다.

한빈은 두 개의 초식을 바탕으로 외쳤다.

"종호현의 이창현!"

순간 옆에 있던 당세령이 눈을 크게 떴다.

한빈의 목소리에 내공이 담겨 있지는 않았다.

그런데 그 목소리에 머릿속이 멍해질 정도였다.

당세령은 눈을 크게 뜨고 한빈을 바라봤다.

내공도 담겨 있지 않은 목소리에 자신이 이렇게 당황했다는 게 이해가 안 되었다.

하지만 묘하게 소리는 주변으로 울려 퍼졌다.

한빈의 말 한마디에 웅성거리던 저잣거리가 조용해졌다.

저잣거리에서 내기 판의 승자를 기다리던 사람들은 조용히 서로를 바라봤다.

그 눈빛은 지금 무슨 일이 일어난 것이냐는 의문을 담고 있었다.

이상한 것은 누군가의 목소리가 머릿속에서 울린다는 것이었다.

그리고 그 목소리가 어디에서 온 것인지도 본능적으로 알 수 있었다.

누군가 작은 목소리로 말했다.

"어떤 고수가 사자후를 외친 것 같네그려."

"사자후치고는 너무 조용하지 않나? 이상하게 마음이 안정되는데."

그들이 느끼는 것은 허장성세가 주는 두려움이 아니었다.

한빈의 목소리는 묘하게 그들의 관심을 한곳에 모으고 있었다.

그때였다.

그들 중 하나가 고개를 갸웃하며 옆 사람을 바라봤다.

"이창현이면, 자네 아닌가?"

"설마. 나를 불렀겠는가?"

"종호현에 사는 이창현이 자네 말고 또 있겠나."

"설마……."

이창현이라 불린 중년 사내는 고개를 돌려 목소리가 흘러 나온 곳을 바라봤다.

그때 다시 그의 이름이 들려왔다.

마치 옆에서 부르는 것 같은 착각이 들 정도의 묘한 목소리에, 중년 사내는 자리에서 일어났다.

그는 홀린 듯 천천히 목소리가 나오는 곳을 향해 걸어갔다.

그가 이곳에 온 것은 한 가지 이유에서였다.

누군가가 큰 판돈을 땄다고 하기에 구걸이라도 해 볼까 해서였다.

그는 마을에서 목수 일을 하고 있었다.

그런데 요즘 들어 일거리가 꽉 줄어들었다.

이대로 간다면 목구멍에 거미줄이 칠지도 모를 일.

자신 하나만의 고통이라면 참겠는데, 여우 같은 마누라와 토끼 같은 자식도 요즘 끼니를 거르고 있었다.

문제는 앞으로도 일거리가 없을 것 같다는 점이었다.

하지만 그보다 더 큰 문제가 하나 있었다.

그것은 사천당가에 이자를 낼 날짜가 다가왔다는 점이었다.

당가는 사천 사람들에게는 희망이지만, 약속을 지키지 못할 경우는 몸서리쳐질 정도로 냉정했다.

그 역시 사천당가에서 목수를 모집하고 있다는 소식을 듣긴 했다.

하지만 그곳에 갈 엄두는 나지 않았다.

사천당가의 담장 안에는 온갖 독물이 득실득실하다는 소문이 났기 때문이다.

돈이 아무리 필요하다지만, 사천당가를 위해 목숨을 바칠 필요는 없다고 생각했다.

그는 오전까지만 해도 사천을 떠날까 하는 생각도 하고 있었다.

그러다가 마지막으로 생각해 낸 것이 바로 도움을 청하는 것이었다.

그 많은 판돈을 딴 사람이라면 적선이라 생각하고 도와줄 수 있다고 생각했다.

지금은 그 희망도 접었다.

자신과 똑같이 생각하는 자들이 이렇게 많을 줄은 몰랐다.

그는 이제 포기하고 그만 돌아갈까 하던 참이었다.

그런데 자신의 이름을 부르는 소리가 들린 것이다.

본능적으로 걷던 그는 목소리의 주인을 바라봤다.

붉은 무복의 사내가 사람 좋은 얼굴로 자신을 바라보고 있었다.

물론 붉은 무복의 사내는 한빈이었다.

한빈은 활짝 웃으며 손짓했다.

"종호현의 이창현입니까?"

"그, 그렇소만. 왜 저를 부르신 거요?"

"사천당가에서 돈을 빌린 적이 있죠?"

한빈이 아무렇지 않게 물었다.

하지만 이창현은 눈을 크게 뜨며 그 자리에서 굳었다.

"그건 왜 묻소?"

그 모습에 한빈이 당세령을 바라봤다.

당세령은 차용증 하나를 찾아서 한빈에게 건넸다.

한빈은 차용증을 확인하고는 그것을 상대를 향해 들어 보였다.

바람에 살랑살랑 흔들리는 차용증에, 이창현이 뒤로 슬금슬금 물러났다.

뒷걸음치던 이창현은 뭔가에 걸린 듯 멈췄다.

탁.

뒤를 돌아본 이창현은 입을 딱 벌렸다.

그곳에는 검은 피부의 여인이 버티고 있었다.

그때 한빈이 말했다.

"심 부대주, 왔어?"

"네, 주군."

말을 마친 심미호는 재빨리 서찰 하나를 건넸다.

이창현과 대화하던 한빈은 그 서찰을 재빨리 살폈다.

그러고는 이창현을 바라봤다.

그를 바라보던 한빈이 사람 좋은 얼굴로 말했다.

"내가 여기 온 것은 빚을 독촉하기 위함이 아닙니다."

"네?"

이창현이 깜짝 놀라서 묻자, 한빈이 말을 이었다.

"돈을 받으러 온 것이 아니라 백성들의 사정을 듣고자 함입니다."

"그게 무슨 말이신지……."

"지금 일이 없어서 힘드시죠?"

"그러니까……."

이창현은 말끝을 흐렸다.

아무리 생각해도 상대가 무엇을 말하려는지 알 수 없었기 때문이다.

그때 한빈이 잡고 있던 차용증을 그에게 내밀었다.

그러고는 그 차용증을 그대로 찢었다.

부욱.

그 모습에 이창현은 눈을 크게 떴다.

"대, 대체 그게 무슨 짓입니까?"

"빚은 없으니 그만 가 보시죠. 요즘 일이 없어서 힘드실 것도 같고……. 아무리 계산이 철저하다는 사천당가지만, 이번만큼은 고통을 나누고 싶군요."

한빈은 사람 좋은 얼굴로 손짓했다.

그 모습에 이창현은 입을 떡 벌렸다.

꿈에도 상상하지 못했던 일이 일어난 것이다.

그것을 시작으로 주변이 웅성대기 시작했다.

그곳에 있던 모든 이보다 더 놀란 것은 만월루의 구 층에 있던 백미랑이었다.

백미랑은 난데없는 광경에 혼란스러웠다.

이곳에 사람들이 이리 많이 몰릴 것도 예상 못 했지만, 하북팽가의 사 공자가 저곳에서 이상한 판을 벌일 줄은 상상도 못 했다.

빚을 조금 탕감해 주는 것도 아니고 그냥 없애 준다니!

그것이 시작이었다.

하북팽가의 사 공자는 사천의 사람들을 불러서 하나씩 상담하기 시작했다.

빚을 탕감해 주기도 하고.

빚을 아예 없애 주기도 했다.

어떤 이에게는 돈까지 쥐여 주었다.

대신 증거를 남기려는 듯 그들에게 손도장을 받고 있었다.

그냥 손도장 한 번 받는 것으로 빚을 없애 주자, 내기의 승자에 대한 관심은 사라진 지 오래였다.

거기에 하북팽가의 사 공자가 내뱉는 사자후는 대체 뭐란 말인가?

백미랑은 아무리 생각해도 알 수 없었다.

문제는 다음에 일어났다.

누군가가 하북팽가 사 공자의 정체를 알아본 것이다.

모든 관심은 하북팽가의 사 공자에게 쏠렸다.

대체 이게 무슨 일이란 말인가?

백미랑은 시선을 돌려 벽을 바라봤다.

그곳에는 조그마한 함이 있었다.

잠시 조그마한 함을 바라보던 백미랑이 고개를 저었다.

백미랑은 끼니도 거르고 창밖을 바라봤다.

이제 일이 거의 끝났는지 사람들이 흩어지고 있었다.

저잣거리에 모였던 사람들의 머리에는 판돈의 승자 따위는 없었다.

백미랑은 자신의 호위를 불렀다.

양하삼은 백미랑을 향해 살짝 고개를 숙였다.

"문주님, 부르셨습니까?"

"양 호위는 지금 내려가서 하북팽가의 사 공자가 저쪽을 정리하는 대로 모셔 와."

"알겠습니다."

"그리고 마지막 시험을 준비하라고 아이들에게 얘기해 주고."

"알겠습니다, 문주님."

양하삼은 재빨리 자리를 떠났다.

일을 마친 한빈은 손을 탁탁 털었다.

소문을 듣고 급하게 달려온 사람들 덕분에 차용증은 몇 장 남아 있지 않았다.

한빈은 자리에서 일어나 몸을 푸는 듯 고개를 돌렸다.

그때 당세령과 눈이 마주쳤다.

당세령은 지금 석상이 되어 있었다.

한빈이 그들의 빚을 다 없애 주리라고는 생각도 하지 못했다.

당세령은 한빈의 행동이 이해가 되지 않았다.

그녀는 조심스럽게 한빈에게 물었다.

"왜 그러셨나요? 팽 공자님."

"제가 뭘요?"

"이건 사천당가의 재산입니다. 그런데 왜 그걸······."

"일꾼을 구하기 위해서죠."

"일꾼을 구하는 것과 이게 무슨 상관이죠?"

"옛날 옛적에 어느 왕이 있었습니다. 그 왕이 사냥을 나갔을 때의 일입니다."

한빈은 그녀가 이해 못 할 이야기를 꺼냈다.

"지금 갑자기 옛날이야기를 왜 하시는 건가요?"

"뭐, 일단 듣고 물어보시는 게 좋을 것 같네요."

"네, 그럼 계속 말씀해 주세요."

"그런데 사냥 도중 그 왕의 말이 호랑이를 보고 놀라 도망쳤지 뭡니까."

당세령이 흥미가 동한 듯 고개를 갸웃했다.

"호랑이에게 왕이 다쳤나요?"

"그럴 리가 있겠습니까? 문제는 말이었지요."

"말이 문제라니요?"

당세령은 눈을 크게 떴다.

그 모습에 한빈이 작게 웃었다.

"그렇게 놀랄 필요는 없습니다. 그 말을 찾았을 때는 뼈만 남아 있었습니다."

"헉, 호랑이가……."

"그게 아니고 굶주렸던 근처 마을 사람들이 잡아먹었습니다. 그때 왕이 어떻게 했을 것 같나요?"

"단칼에 마을 사람들을……."

"아닙니다. 마을 사람들에게 술을 내렸습니다. 고기에 술이 없으면 적적하지 않냐면서요."

"뭔가 훈훈한 결말이긴 한데, 믿을 수는 없군요."

"재미있는 것은 이 년 뒤에 왕이 적들에게 포위되었을 때 일입니다. 겹겹이 쌓인 포위망을 뚫고 미친 듯이 달려오는 병사들이 있습니다. 알고 보니 그들은 바로 왕이 술을 내린 마을 사람들이었습니다."

"아, 그럼 지금 우리가 저들에게 술을 내린 거란 말씀인가 요?"

"뭐, 비슷하지요."

"보기보다 순진하시네요. 도움을 받은 마을 사람들이 위험을 무릅쓰고 사천당가로 올까요?"

"그거야 보면 알죠?"

"네? 보면 안다니 그게 무슨 말이죠? 지금 손해 본 금액이 얼마인데……."

당세령은 울상이 되었다.

실제로 눈가에는 몇 방울 눈물까지 고여 있었다.

그때 한빈이 사람 좋은 얼굴로 말했다.

"제 돈은 아니지 않습니까?"

"악! 어떻게 이러실 수가 있어요?"

당세령은 한빈을 쏘아봤다.

하지만 한빈은 작게 미소만 지을 뿐, 아무런 답도 하지 않 았다.

당세령은 한빈의 무책임함이 이해가 되지 않았다.

이제까지는 바늘 하나 들어가지 않을 정도로 완벽함을 보이던 사람이 어찌 저럴 수가 있단 말인가?

그때였다.

설화가 당세령을 톡톡 쳤다.

당세령은 벌겋게 달아오른 얼굴로 설화를 바라봤다.

설화는 조용히 어딘가를 가리켰다.

설화가 가리키는 곳에는, 채무를 변제받은 마을 사람들의 손도장이 진하게 남아 있는 종이가 있었다.

당세령은 도무지 이해가 되지 않았다.

"그걸 왜 가리키니, 설화야?"

"자세히 보세요."

"뭘 자세히 보라는……."

당세령은 말을 잇지 못했다.

설화가 그들이 남긴 종이 중 하나를 펼쳤기 때문이다.

순간 당세령은 자신도 모르게 입을 벌렸다.

"헉, 이게 어떻게 된 거지?"

당세령의 눈은 한없이 떨렸다.

사람 좋은 얼굴로 채무를 없애 준 것이 조금 전이었다.

그러고는 그 증거로 손도장 하나만을 남기라고 했었다.

그런데 손도장을 찍은 종이들은 애초에 반으로 접혀 있었다.

반으로 접어 원래 있던 글자를 못 보게 한 것이다.

그런데 그것을 온전히 펼치자 하나의 계약서에 손도장을 찍은 것이 되어 버렸다.

문제는 내용이다.

이것은 한마디로 노예 계약서나 마찬가지였다.

물론 소정의 임금을 지급한다는 내용은 다른 노예 계약서와 달랐다.

하지만 그들에게 일을 고를 자유는 없었다.

죽으라면 죽는시늉, 아니 죽어야 했다.

당세령은 자신도 모르게 슬그머니 한빈의 표정을 살폈다.

한빈은 아무렇지 않게 주위를 둘러보고 있었다.

그가 보고 있는 것은 아직 주변에 남아 있는 사람들이었다.

한빈은 고개를 끄덕이며 흡족한 표정으로 그들과 눈빛을 교환하고 있었다.

당세령도 그들의 눈빛을 유심히 살폈다.

그들의 눈빛을 본 당세령은 뜨악한 표정으로 입을 벌렸다.

그들은 한빈과 당세령을 우러러보고 있었다.

그 눈빛은 뜨겁다 못해 주위를 다 태워 버릴 것 같았다.

그들의 시선에는 상상을 초월한 존경심을 담겨 있었다.

그들은 낮은 목소리로 웅성거리고 있었다.

"역시 천수장의 장주님은 성인군자야."

"관음보살의 현신이 분명하지."

"오늘따라 가슴이 먹먹하네."

"나는 도움을 받은 것이 없지만, 앞으로 저분을 따를 것일세."

그들은 하나같이 한빈을 찬양했다.

거기에 더해 누군가는 진룡소협이라 외친다.

놀람도 잠시, 당세령은 눈을 가늘게 뜨고 현재 상황을 냉정하게 계산했다.

진룡소협이란 별호가 이곳으로 오면서 두 번이나 울렸다.

이것이 과연 우연일까?

지금도 마찬가지였다.

선의는 사천당가가 베풀었다. 그런데 묘하게도 세인들의 존경은 한빈과 나누어서 받고 있었다.

그보다 더 무서운 것은 바로 선심의 뒤에 있는 계략이었다.

본래의 차용증보다 한 단계 더 악랄해진 문서로 대체하다니!

당세령이 멍하니 한빈을 보고 있을 때였다.

설화가 손을 내저으며 말했다.

"이번에는 공자님이 너무 선심을 쓰신 것 같아서 걱정이에요. 이렇게 약해지시면 안 되는데……."

"선심을 쓰다니, 그게 무슨 말이니?"

당세령이 묻자 설화는 빙긋 웃으며 다시 종이를 접어 원래 위치에 갖다 놓으며 말을 이었다.

"원래 이렇게 베풀기만 하는 분은 아니라서요. 전에 쓴 계약서를 보면 지금보다 빡빡했거든요."

"헉."

당세령이 입을 벌렸다.

이게 선심을 쓴 것이라니 말이 되지 않았다.

당세령이 다시 한번 놀라 한빈을 바라보고 있을 때였다.

한빈이 아직도 남아 있는 자들을 향해 한 걸음 다가갔다.

그러고는 낮은 목소리로 외쳤다.

"사천당가에서의 안전은 나 진룡소협, 아니 천수장의 장주가 보장합니다! 혹시 일거리가 필요하면 언제든 오십시오."

순간 여기저기서 박수 소리가 울려 퍼졌다.

짝짝.

"진룡소협이 보증한다니, 한번 들러 봐야겠군."

"그래, 우리의 은인 아니던가."

"진룡소협뿐 아니라 사천당가도 어찌 보면 우리의 은인 아닌가?"

"집에 가서 안사람과 상의해 봐야겠네."

"그래도 사천당가는 아직 독 기운 때문에 위험하지 않은가?"

그들의 의견은 분분했다.

그때 누군가가 한빈을 가리키며 말을 이었다.

"그래도 진룡소협은 믿을 수 있지 않나?"

"그게 무슨 말인가? 진룡소협을 믿긴 하지만 그렇게 위험한 곳에서 어떻게 일을 하나?"

"자네는 진룡소협의 의술을 모르나?"

"그건 과장된 소문이라고 하던데……."

"아니네. 여기에 오면서 내 눈으로 분명히 봤네."

"뭘 봤다는 말인가?"

"진룡소협이 쓰러진 노인을 벌떡 일으켜 세우는 모습을 말일세."

"그게 무슨 말인가?"

"숨넘어가던 노인이 진룡소협의 기운을 받더니 적토마처럼 뛰어가더구먼."

"허허, 그런 일이……."

그때 누군가가 나서 제법 큰 목소리로 외쳤다.

"나도 그건 봤네!"

그 말에 모두는 한빈에게 뜨거운 눈빛을 보냈다.

그들의 모습을 보던 당세령은 터져 나오려던 비명을 겨우 참았다.

지금 한빈을 칭송한 대원 중에는 분명 어디선가 많이 본 얼굴이 있었다.

분명 적혈 맹호대의 대원 중 하나였다.

그들 중 하나는 조호였다.

거기에 장삼이라는 나이 많은 대원도 끼어 있었다.

당세령은 이제야 한빈의 의도를 알아챘다.

지금의 분위기는 도움을 받았다고 생각한 사람들의 진심이 말들어 낸 상황이긴 했다.

하지만 그것을 고조시킨 것은 적혈맹호대의 부추김이 더 컸던 것.

지금 분위기만 보면 그들 중 몇몇은 사천당가를 돕기 위해 올 것이 분명했다.

만약에 그들이 자진해서 안 온다면?

무시무시한 계약서가 그들 앞에 놓일 것이었다.

여기까지 생각하자 당세령은 마른침을 삼켰다.

잘못하면 칭송은 한빈이 다 받고 욕은 사천당가가 먹을지도 모르는 상황이었다.

하지만 일꾼을 모으는 임무는 어느 정도 진행된 느낌이었다.

당세령은 조용히 고개를 돌려 먼 산을 바라봤다.

그곳은 하북팽가가 있는 방향이었다.

과연 한빈은 어떤 교육을 받고 자라 온 것일까?

그녀는 오늘따라 하북팽가가 무섭게 느껴졌다.

분위기가 어느 정도 정리되자 한빈은 그들에게 포권하며 활짝 웃었다.

주변의 분위기와 어우러지자 한빈의 주변에 현기가 맴도는 것 같은 착각마저 들 정도였다.

분위기가 포근하다 못해 뜨거워지고 있을 때였다.

한빈을 둘러싼 인파를 뚫고 누군가가 걸어왔다.

저벅저벅.

걸음걸이로 봐서 그는 무인이었다.

제법 큰 키에 근골만 봐도 보통 사람들과는 달랐다.

그는 다름 아닌 양하삼이었다.

양하삼은 백미랑의 지시를 받고 한빈에게 온 것.

하지만 한빈이 놀라지 않자, 양하삼은 이상하게 생각했다.

자신은 분명히 이곳에 오며 기척을 숨기지 않았다.

거기에 무인의 기세를 흘렸다.

자신의 기세는 정파의 것과는 다르기에 분명히 경계해야 했다.

하지만 한빈은 기다렸다는 듯이 양하삼을 바라보고 있었다.

"많이 기다렸습니다."

양하삼은 눈을 가늘게 떴다.

자신과 일면식도 없는 하북팽가의 사 공자였다.

그런데 많이 기다렸다니?

양하삼은 조심스럽게 물었다.

"혹시 저를 다른 사람으로 착각하신 건 아니신지요?"

"만월루에서 오신 거 아닙니까?"

"헉, 그걸 어떻게……."

양하삼은 말끝을 흐리며 조심스레 한빈의 표정을 살폈다.

자신을 알아보는 것도 신기하지만 갑자기 치고 들어오는 의도를 모르기 때문이다.

대화의 주도권을 쥐려는 것일까?

그때 한빈이 위쪽을 가리켰다.

"위에서 계속 느껴지는 뜨거운 시선을 모를 사람이 어디 있습니까?"

"……."

양하삼은 한빈의 시선을 따라 고개를 돌렸다.

순간 눈매를 좁혔다.

한빈이 바라보는 곳은 다름 아닌 만월루의 구 층이었다.

만원루의 구 층에는 지금도 백미랑이 이곳을 바라보고 있었다.

다만, 형체만 보일 뿐이었다.

여기에서 만월루의 구 층까지는 꽤 멀었기 때문이었다.

그런데 시선을 느끼다니?

과장된 소문을 모두 반영한다고 해도 한빈의 무위는 초절 정이었다.

하지만 하오문은 한빈을 초절정이라 평가하지 않았다.

과장된 소문을 제거한다면, 한빈의 무위는 절정 정도로 하오문은 판단하고 있었다.

그런데 절정 정도의 무사가 이 정도의 거리에서 눈길을 느끼는?

아무래도 하북팽가의 사 공자에 관한 하오문의 정보를 수정해야 할 것 같은 느낌이다.

그때 한빈이 말을 이었다.

"안내하시지요."

양하삼은 다시 뜨끔한 표정으로 입을 벌렸다.

이것은 주객이 전도된 상황이었기 때문이다.

그는 떨리는 목소리로 답했다.

"네, 아, 안내하겠습니다."

양하삼은 앞서가며 힐끔 만월루의 구 층을 쳐다봤다.

그는 고개를 좌우로 흔들었다.

그곳에서 이곳을 바라보고 있는 백미랑의 심중을 알 수 없었기 때문이었다.

분명 내기의 승자를 대하는 것치고는 과장되었다.

그렇다면 백미랑의 의도는 무엇일까?

왜 하북팽가 사 공자를 시험한 것일까?

그리고 왜 이토록 유심히 관찰하는 것일까?

호위인 양하삼은 이해가 되지 않았다.

거기에 더해 한빈의 정체에 대해서도 의문이었다.

하오문이 파악하고 있던 하북팽가 사 공자와는 전혀 달랐으니 말이다.

그의 걸음걸이가 조금 빨라졌다.

저벅저벅.

하북팽가의 사 공자가 백미랑을 만나면 해결될 의문이기 때문이다.

한빈의 일행이 만월루에 들어서자 기녀들이 도열해 있었다.

만월루는 사천제일의 기루.

세인들은 사천의 미녀와 예인들이 모두 모여 있는 곳이라 말하고 있었다.

최고의 미인들이 공손히 손을 모으고 허리를 숙인 모습은 장관이었다.

누가 봐도 최고의 예로 한빈 일행을 대하고 있었다.

도열해 있는 기녀들의 외모는 다른 기루의 기녀들과는 약간 달랐다.

그들은 기녀라고는 볼 수 없는, 약간은 도도해 보이는 모습을 하고 있었다.

그런 기녀들이 깍듯하게 허리를 숙이면 사람들은 마치 분에 넘치는 대우를 받고 있다는 느낌을 받게 된다.

앞서가던 양하삼은 자신 있는 표정으로 한빈 일행의 표정을 살폈다.

순간 양하삼은 살짝 입을 벌렸다.

한빈 일행이 양하삼의 생각과는 전혀 다른 표정을 짓고 있었기 때문이다.

그들의 반응은 제각각이었다.

한빈은 그들이 없는 것처럼 주변을 바라보고 있었다.

마치 이럴 줄 알았다는 표정이었다.

그 옆에 있는 설화와 청화는 갑자기 허리를 꼿꼿이 편다. 그리고는 마치 복어가 몸을 부풀리듯 가슴을 편다.

왜 그러는지는 양하삼도 알 수 없었다.

거기에 기죽지 않으려는 듯 눈에 힘을 주는 설화와 청화의 모습은 이상하기까지 했다.

반면, 당세령은 검집에 손을 올린 채 경계하고 있다.

그들의 반응에 양하삼은 살짝 고개를 숙였다.

한빈 일행에 대한 의문이 더욱 커지는 순간이었다.

의문이 커진 것은 당세령도 마찬가지였다.

지금 만월루의 기녀들이 보여 준 모습은 사천성의 성주나 와야 볼 수 있는 모습이었다.

이 장면은 만월루가 귀인을 대하는 최고의 예우.

당세령은 평범하지 않은 행동에는 반드시 이유가 있다고 배워 왔다.

또 강호는 눈 뜨고도 코를 베이는 곳이라고 배웠다.

그 배움이 오늘따라 머릿속에서 울리는 것은 왜일까?

당세령은 다시 한번 검집을 꽉 쥐고 의심의 눈초리로 주변을 살폈다.

하오문이 사천에서 대우를 받고는 있지만, 그들은 정사지간의 문파.

이제까지는 아군이지만, 언제 적으로 돌변할지 몰랐다.

더욱이 지금과 같은 혼란기에는 말이다.

그때였다.

누군가가 사뿐한 걸음으로 그들에게 다가왔다.

그녀는 한빈의 앞에서 살짝 고개를 숙인다.

"소녀 예연, 대협을 뵙습니다."

"저는 팽한빈이라고 합니다. 대협이라는 칭호는 제게 과분하고 그냥 팽 공자라 불러 주십시오."

"어찌 소녀가 그럴 수 있겠습니까, 팽 대협."

그녀의 말에 한빈이 눈을 가늘게 떴다.

예연은 다른 기녀들과는 달랐다.

외모는 그들보다 조금 뒤처지는 것은 사실.

하지만 그녀에게는 다른 기녀들에게서는 느낄 수 없는 분위기가 있었다.

보통 저런 분위기는 모사꾼에게서나 찾아볼 수 있었다.

옆을 보니 양하삼도 예연이 나온 것이 의외라는 듯 고개를 갸웃하고 있다.

자신의 역할을 철저히 숨기고 있음이 분명했다.

거기에 하북팽가와 사천당가의 직계를 보고도 기죽지 않는 모습이라니!

한빈은 뚱한 표정으로 물었다.

"그나저나 우리를 왜 부른 것입니까?"

"저희가 부른 적은 없습니다."

"그럼 왜 저 호위 무사를 제게 보낸 것입니까?"

"저희에게 볼일이 있으시니 저희가 마중 나가는 것은 당연하지요."

말을 마친 예연은 은근슬쩍 한빈의 일행을 바라본다.

한빈은 그녀를 보며 재미있다는 듯 웃었다.

"하하, 알고 있었습니까?"

"뭘 말이신지요?"

예연이 고개를 갸웃하자, 한빈이 살짝 고개를 숙였다.

"그 배려, 감사드립니다."

한빈의 말에 예연이 슬쩍 눈을 흘겼다.

하북팽가의 사 공자가 보통내기가 아니라는 것은 들었다.

하지만 이렇게 눈치가 빠를 줄은 몰랐다.

예연이 한빈을 배려한 것은 맞았다.

그녀는 일부러 내기에 대한 이야기는 꺼내지 않았다.

하지만 그녀는 한빈이 자신의 배려를 모를 줄 알았다.

그런데 상대는 예연의 의도를 정확하게 파악하고 있었다.

더욱 놀란 것은 이 내기의 승자가 하북팽가의 사 공자라는 사실을 그의 주변 사람들도 모르고 있다는 것이다.

사실 설마 하며 비밀을 지켜 준 것이었다.

그런데 정말로 주변 일행도 모르는 눈치.

보통 사람 같으면 여기저기 떠벌리고 다녔을 일을 이렇게 비밀로 한다니!

이 사람에게 비밀이 얼마나 많은 것일까?

예연이 호기심 가득한 눈으로 한빈을 바라보고 있을 때였다.

한빈은 아무렇지 않게 물었다.

"문주를 만나려면 얼마나 기다려야 합니까?"

"일단 이쪽으로 오시죠."

예연이 슬쩍 앞서 나가자 한빈이 그 뒤를 따랐다.

설화를 비롯한 일행이 한빈의 뒤를 쫓자 예연이 걸음을 멈췄다.

그러고는 슬쩍 뒤를 돌아본다.

한빈을 비롯한 모두는 조용히 예연을 쳐다봤다.

시선을 받은 예연이 미안한 표정으로 입을 열었다.

"나머지 분들은 이곳에서 잠깐 기다려 주시겠어요?"

그녀의 말에 일행들이 뜨악한 표정을 지었다.

그때 한빈이 재빨리 당세령을 바라봤다.

"일단 여기서 기다리시지요."

"네, 알겠어요. 팽 공자님."

당세령은 순순히 고개를 끄덕였다.

순간 다른 기녀들이 다가와 당세령과 설화 그리고 청화를 안내했다.

※

만월루의 구 층.

한빈과 백미랑은 열 걸음 정도 떨어져 서로를 바라보고 있었다.

백미랑의 얼굴에는 호기심이 가득 차 있었다.

반면 한빈은 무표정으로 일관하고 있었다.

한빈은 한 가지 감정을 숨기고 있었다.

그것은 반가움이었다.

백미랑은 전생에 전쟁터에서 도움을 주고받았던 동지였다.

한빈이 그녀를 구해 준 적도 있고 그녀의 정보로 한빈이 위기에서 탈출한 적도 있었다.

덕분에 의좋은 남매처럼 전장에서 서로의 등을 맡겼다.

하지만 그녀와 마주하기 전까지는 확신하지 못했었다.

하오문에서 비슷한 이름을 쓰는 자들은 셀 수 없이 많았기 때문이었다.

한참을 보던 한빈은 피식 웃었다.

숨겼던 한 줄기 감정이 튀어나온 것이다.

그 모습에 백미랑이 물었다.

"왜 웃으시죠?"

"아무것도 아닙니다. 원래 미인을 보면 웃는 버릇이 있어서요."

한빈이 아무렇지 않게 말하자, 백미랑이 눈매를 좁혔다.

한빈의 말이 거짓이라는 것을 단번에 간파한 것이다.

이렇게 열 걸음이나 떨어진 곳에서 멈춰 있다는 것은 자신을 경계한다는 것이었다.

자신을 앞에 두고 다가오지 않는 사내는 일생을 통틀어 처음이었다.

백미랑은 코웃음 쳤다.

"흥, 거짓말이군요."

"왜 거짓말이라고 생각하십니까?"

한빈이 재미있다는 표정으로 묻자 백미랑이 둘 사이의 탁자를 가리켰다.

가리킨 것은 탁자지만, 그녀가 말하고자 하는 것은 둘 사이의 거리.

"미인을 보고 경계하는 사내도 있나요?"

"원래 비싼 도자기는 멀리서 감상하는 법이지요. 자칫하면 깨지니까요."

한빈이 어깨를 으쓱했다.

이것은 거짓말이었다.

전생의 기억 한편에는 백미랑과의 첫 만남이 자리 잡고 있었다.

그리 유쾌하지 않은 기억이었다.

전생에도 자신의 일 장 안으로 들어오면 칼부터 들이대는 백미랑이었다.

다시 유쾌하지 않은 기억을 만들 필요는 없는 법.

한빈의 대답에 백미랑이 눈썹을 살짝 치켜올린다.

"역시 재미있는 분이군요."

"재미없는 것보다야 낫지 않습니까? 그보다 뜻밖의 환대에 몸 둘 바를 모르겠습니다."

"우리 아이들이……."

"그 아이들을 말함이 아니지요. 처음 저를 맞이한 자의 경공은 저도 놀랐습니다."

"……."

백미랑은 말없이 한빈을 바라봤다.

한참을 보던 백미랑이 말했다.

"어떻게 하오문의 사람이라는 것을 아셨나요?"

"그 정도 경공에 그 정도의 변장술을 가진 인물이 속한 집단이 하오문밖에 더 있겠습니까?"

"저희를 높이 평가하시는군요."

"사천의 하오문이라면 충분히 그런 평가를 들을 자격이 있죠."

한빈이 사람 좋은 얼굴로 웃자, 백미랑이 고개를 갸웃했다.

"하오문에 대해서 잘 아시는 것 같군요."

"강호인이 하오문을 모르는 게 이상하지 않습니까? 하오문은 지금 문주가 없지요. 그래서 사천 지부의 하오문주가 그 대행을 한다고 들었습니다."

"음."

백미랑은 침음을 삼켰다.

한빈의 말은 사실이었다.

하오문 전체를 총괄하는 문주는 지금 없었다.

한두 해 전 이야기도 아니고 벌써 십 년이 지난 일이었다.

문제는 외부인이 이 사실을 알고 있다는 점이었다.

하오문 자체가 워낙 음지에 숨어 있는 집단이라서 문주가 사라진 것을 아는 자는 극히 드물었다.

정확히는 사라진 하오문의 문주가 누군지도 아는 자가 드물었으니 당연한 결과였다.

백미랑이 의심의 눈초리를 보내자, 한빈이 말을 이었다.

"지나가다 주워들은 이야기이니 크게 신경 쓰지 마시지요."

"지나가다 들은 얘기치고는 너무 상세한데요."

"하오문도 저에 대해서 지나가다 들은 정보가 많을 텐데요."

"흠."

백미랑이 다시 침음을 삼켰다.

왠지 상대에게 발가벗겨진 느낌이 들었다.

백미랑은 재빨리 표정을 수습하고 말을 이었다.

"그럼 저희가 함정을 팠다는 것도 진작에 아셨을 텐데, 아시면서 왜 화를 내지 않으세요?"

"덕분에 사천에서 명성을 얻지 않았습니까? 다 죽어 가는 노인도 살리는 성인으로요."

"아……."

백미랑은 어이가 없다는 눈으로 한빈을 바라봤다.

하지만 마음속은 전혀 달랐다.

깊이와 의도가 전혀 파악되지 않는 사람이었다.

백미랑은 마지막 시험을 해 보기로 했다.

백미랑은 품에서 여자 손 두 뼘 길이의 가느다란 상자를 하나 꺼냈다.

그러고는 그 상자를 들고 천천히 걸어갔다.

백미랑이 들고 있는 상자에는 비밀이 하나 있었다.

그것은 백 년 전 하오문주가 남긴 것이었다.

전해 내려오는 전설에 따르면 이 상자는 주인을 찾는다고

했다.

언젠가 그 주인이 나타나면 하오문 전체가 용틀임할 날이 오리라는 것이 그 예언의 마지막 구절이었다.

이 상자의 이름은 만월.

왜 만월이라 붙였는지는 알 수 없었다.

이 상자를 열어 본 하오문의 문주는 이제껏 없었으니까.

이 상자는 하오문의 성물과도 같았다.

그런데 백미랑이 이 상자를 꺼낸 이유는 무엇일까.

예언 속 이 상자의 주인은 불의에 대해서는 대나무처럼 곧으며.

난처럼 유연한 사고방식을 가졌고.

국화처럼 고매한 성품을 지녔으며.

매화의 향기가 만 리를 뻗어 나가는 것처럼 명성을 떨치리라는 것이었다.

거기에 더해 죽은 자도 살리는 신묘한 의술까지 겸비한 자라는 것이 예언의 한 부분이었다.

소문을 들어 보면 분명 하북팽가의 사 공자는 난처럼 유연한 사고방식에 의술까지 갖추었다.

하지만 매화의 향기처럼 은은하게 명성이 퍼져 나가지도 않았고.

국화처럼 고매한 성품이라고 보기도 어려웠다.

가장 중요한 것은 불의에 대해 대나무처럼 곧은 성품을 보

하북팽가
검술천재

인다고 말할 수도 없었다.

곧은 성품을 가진 자가 죽음에서 벗어난 후 한 일이 고작 내기에 판돈을 건 것이겠는가?

그래서 시험을 한 것이었다.

그런데 그 시험을 아예 무용지물로 만들어 버렸다.

노인이 벌떡 일어나서 뛰어가는 광경을 본 사람들은 하나같이 한빈을 칭송하지만, 누워 있는 사람의 혈도를 제압해 놓고 단전을 박살 내려는 것이 성인군자가 할 일이던가?

하지만 만월루 아래에서 펼친 한빈의 고상한 행동은 그녀의 마음을 흔들어 놓았다.

사천당가를 설득해서 백성들의 빚을 탕감해 주다니!

무림세가의 누구도 이런 선행을 벌인 적은 없었다.

하오문이 어떤 집단이던가?

비록 사천에서만은 양지에 나왔다고 하지만 가장 낮은 대우를 받은 이들로 이루어진 집단이었다.

한빈의 고매한 행동은 백미랑의 마음을 흔들기에 충분했다.

마지막까지 경계하고.

마지막까지 시험했던 백미랑은 일단 하오문의 성물이 어떻게 반응하는지 살펴보기로 했다.

어찌 보면 이것은 백미랑의 의무였다.

천천히 탁자로 다가가던 백미랑은 고개를 갸웃했다.

상자가 미세하게 떨리기 시작했기 때문이다.

드드득.

드드득.

백미랑은 겨우 표정을 수습했다.

상자가 이렇게 반응할 줄은 상상도 못 했던 것.

상자가 주인을 알아보리라는 것은 상징적인 의미인 줄 알았다.

그런데 이렇게 반응한다니!

하지만 백미랑은 표정을 숨기고 천천히 걸어가 탁자 위에 상자를 놓았다.

탁.

아직 한빈은 몇 걸음 떨어져 있는 상태.

백미랑은 일부러 고혹적인 미소를 지으며 말했다.

"왜 계속 그러고 계십니까? 이리 오셔야 대화를 나눌 것이 아니에요?"

"성격이 급하시군요."

한빈은 방 안을 쓱 둘러보았다.

사실 한빈도 난데없는 상황에 살짝 당황하고 있었다.

백미랑이 다가오자 왼쪽 다리에 숨겨 놓은 만월이 미세하게 떨리고 있었기 때문이다.

백미랑 때문인지?

아니면 그녀가 가져온 상자 때문인지?

그것도 아니라면 이것도 함정인지?

모든 상황을 살피는 중이었다.

그때 한빈의 눈에 탁자 위에 미세하게 떨리고 있는 상자가 들어왔다.

그것을 본 한빈은 천천히 탁자를 향해 걸어갔다.

순간 탁자 위 상자는 눈에 띌 정도로 움직였다.

백미랑이 탁자 위의 상자를 오른손으로 눌렀다.

한빈이 탁자 앞으로 가자, 백미랑은 상자를 오른손으로 누른 채 당황했다.

그 모습에 한빈이 말했다.

"누가 보면 마치 우리가 도박을 하는 줄 알겠습니다."

"호호, 도박이라니요."

"그게 뭔지 물어봐도 될까요?"

한빈은 백미랑이 오른손으로 누르고 있는 상자를 바라봤다.

백미랑이 당황한 표정으로 말했다.

"이건 하오문의……."

백미랑은 말끝을 흐렸다.

한빈은 외부인이었다.

하오문의 비밀을 알려 줄 수는 없었다.

그때 한빈이 말했다.

"혹시 하오문의 귀중한 물건인가요?"

"……."

"그걸 제게 보여 주시는 이유가?"

한빈이 묻자 백미랑은 상자에서 손을 뗐다. 순간 상자가 한빈을 향해 움직인다.

스르륵.

상자는 마치 뱀처럼 움직였다.

이 장면은 누구도 예상하지 못했다.

백미랑도.

한빈도.

상자가 한빈의 앞까지 왔을 때였다.

획.

한빈이 상자를 낚아챘다.

그러고는 그 상자를 백미랑에게 다시 전했다.

"여기 있습니다."

"……."

백미랑은 말없이 한빈을 바라봤다.

그것도 잠시, 백미랑이 무릎을 꿇었다.

"주인을 뵙습니다."

"주인이라고요?"

한빈이 눈을 크게 떴다.

이것이 하오문의 성물이라는 것은 대충 눈치챘다.

전생에 들었던 이야기로는 이쯤 해서 하오문의 성물을 도

한빛명가
검술천재

난당했다고 했으니까.

그런데 갑자기 주인이라니!

모든 가능성을 열어 두고 대비하는 한빈이었지만, 지금만큼은 당황스러웠다.

당황하는 한빈의 모습에도 백미랑은 고개를 들지 않았다.

한빈이 말했다.

"이게 대체 뭡니까?"

"제가 자세히 말씀드리겠습니다."

백미랑이 고개를 숙인 채 답했다.

그 모습에 한빈이 말했다.

"일단 일어나서 얘기하는 게 어떻습니까?"

"명을 받들겠습니다."

백미랑은 천천히 일어났다.

"일단 앉으시지요."

한빈이 자리를 권했다. 완벽하게 주객이 전도된 상황.

힐끔 주변을 바라보니 한빈을 이곳으로 안내한 예연이라는 아이는 아직도 바닥에 고개를 조아리고 있다.

한빈은 팔짱을 끼고 백미랑의 말을 기다렸다.

그러고는 주변을 경계했다.

지금 이 순간도 함정일지 모른다는 가능성을 열어 두고 있었다.

강호란 곳은 그런 곳이니까.

기연인 줄 알고 넙죽 받아먹었다가 탈이 나는 것을 한두 번 본 것이 아니었다.

　한빈이 팔짱을 끼고 바라보자 백미랑이 말을 이었다.

　"지금부터 말씀드릴 이야기는 하오문의 역사예요. 그러니까……."

　백미랑은 조곤조곤 하오문의 역사에 대해서 털어놓았다.

　그녀의 설명에 한빈은 눈을 가늘게 떴다.

　생각지도 못한 비밀이 있었기 때문이다.

　백미랑의 말에 의하면 하오문은 무림세가의 방계들이 세운 집단이라고 한다.

　자신이 받은 설움을 민초들은 받게 하지 말자는 뜻에서 힘이 약한 사람끼리 모인 것이 하오문.

　그들 중 가장 구심점이 된 인물이 사천당가와 제갈세가의 방계였다고 했다.

　사천당가의 방계는 가문에서 보물을 훔쳐 나왔고.

　제갈세가의 방계는 천기가 담긴 서책을 훔쳐 나왔다고 한다.

　이 두 개의 기물을 토대로 하오문이 번성했다고 했다.

　제갈세가의 방계와 사천당가의 방계는 서로 번갈아 문주의 역할을 맡았다고 한다.

　이 때문에 이제까지 하오문의 문주는 모두 제갈세가의 방계 후손과 사천당가의 방계 후손이 맡아 왔다고 한다.

그것이 깨진 것은 십 년 전에 마지막 문주와 그 후손들이 갑자기 사라지면서라고 한다.

그들은 사라졌지만, 그들이 남긴 성물은 온전히 전해졌다.

그것이 바로 이 상자와 천기가 담겨 있는 서책이라고 한다.

여기까지 이야기가 진행되자 한빈이 물었다.

"그러니까, 이 상자가 바로 사천당가의 물건이란 말인가요?"

"네, 만월이라고 불리는 물건입니다."

"만월이라……."

한빈은 지금은 잠잠해진 다리 쪽을 바라봤다.

자신이 다리에 숨겨 놓은 단검도 만월.

이곳의 이름도 만월루.

그리고 상자의 이름이 만월이라고 한다.

그렇다면?

이 상자 안에 든 물건과 한빈이 가지고 있는 만월은 밀접한 관계가 있을 터.

한빈이 다시 말을 이었다.

"이 상자를 열어 봐도 될까요?"

"그것은 주인님의 마음입니다. 다만."

백미랑은 갑자기 말을 끊었다.

"말해 보시죠."

"다만, 저는 볼 자격이 없으니 혼자 계실 때 확인하시지요."

백미랑은 살짝 고개를 숙였다.

이게 꿈인지 생시인지 모르겠지만, 하오문의 성물이 주인을 선택했다.

하오문은 새 주인의 뜻에 따라 움직일 수밖에 없었다.

과연 하오문에 광명이 찾아올까?

그것에 대한 확신은 없었다.

다만, 성물의 주인이 하북팽가의 사 공자를 택했다는 것은 명백한 사실이었다.

고개를 든 백미랑은 자리에서 일어났다.

그러고는 벽 쪽으로 천천히 걸어갔다.

백미랑은 벽에서 족자 하나를 떼어 왔다.

그 족자는 이 방에 걸려 있는 여러 족자 중 하나.

그리 눈에 띄는 족자는 아니었다.

누군가의 산수화가 멋들어지게 그려져 있을 뿐 별다른 특징이 없었다.

백미랑은 족자를 한빈에게 내밀었다.

"살펴보시지요."

"이게 뭡니까?"

"아까 말한 제갈세가가 가져온 천기를 옮겨 놓은 서책입니다."

"서책이라……."

한빈이 고개를 갸웃했다.

아무리 봐도 서책처럼 보이지 않았기 때문이었다.

그것도 잠시, 한빈은 족자를 뒤집었다.

그곳에는 **빽빽**하게 글씨가 적혀 있었다.

하지만 문장이 들어맞지가 않았다.

이것은 암어였다.

백미랑은 재빨리 족자의 군데군데를 살짝 접었다.

그러고는 다시 말을 이었다.

"이제 확인하시지요."

"네, 고맙습니다."

한빈은 눈을 가늘게 떴다.

족자를 접자 중간중간 이상했던 문장이 이어졌다.

줄과 줄 사이에 다른 문장을 넣어 뜻이 통하지 않게 만든 암어였다.

한빈은 조용히 문장을 읽어 나갔다.

그것도 잠시, 한빈은 입을 벌렸다.

그 모습에 백미랑이 말했다.

"주인님도 역시 놀라시는군요."

"어찌 내 이야기가 이렇게 소상히 적혀 있을 수 있다는 말입니까?"

"주인님의 이야기라니요?"

"불의에 대해서는 대나무처럼 곧으며, 난처럼 유연한 사고방식을 가졌고, 국화처럼 고매한 성품을 지녔으며…….'"

한빈은 족자 위의 글귀를 읽기 시작했다.

그것도 숨도 안 쉬고 말이다.

한빈은 계속해서 글귀를 읽어 나갔다.

"매화의 향기가 만 리를 뻗어 나가는 것처럼 명성을 떨치리라는 것도 그렇고. 거기에 더해 죽은 자도 살리는 신묘한 의술까지……. 모두가 제 얘기가 아닙니까?"

"……."

백미랑의 눈동자가 살짝 떨렸다.

갑자기 성물이 주인을 잘못 찾은 것은 아닐까 하는 의심이 드는 것은 왜일까?

백미랑의 눈빛에도 아랑곳하지 않고 한빈은 말을 이었다.

"역시 제갈세가입니다."

"그게 무슨 말씀이신지요?"

"백 년도 더 된 예언서에서 나 같은 사람이 태어나리라는 내용이 나온다니. 역시 제갈세가는 천기를 읽고 있었음이 분명합니다."

"하하."

백미랑은 넋이 나간 듯 웃었다.

갑자기 세월의 무상함까지 느끼는 그녀였다.

이 성물은 주인을 찾기 위해 백 년을 기다렸다는데, 그 주인의 모습이 아무리 생각해도 상상과는 거리가 멀었다.

지금의 모습은 방금 전에 민초들에게 인정을 베풀던 일과도 거리가 멀었다.

하오문이 천시를 받는다지만, 하오문의 문주는 대대로 성인군자였다.

고매한 인품으로 민초들을 살피는 것이 문주의 책무.

그런데 과연 하북팽가의 사 공자가 그 일과 맞을까?

백미랑이 살짝 걱정하고 있을 때, 한빈이 말을 이었다.

"저보고 주인이라고 하시는데……."

"말씀하시지요."

"하오문을 제 마음대로 해도 된다는 겁니까?"

"……."

백미랑은 살짝 입을 벌렸다.

이렇게 직접적으로 물어보는 사람이 강호에 몇이나 있을까?

지금 표정으로 보면 하오문을 팔아먹겠다는 의지까지 엿보인다.

고민하던 백미랑이 말을 이었다.

"마, 맞습니다."

"그럼 먼지 지시를 하나 내리겠습니다."

"네, 말씀하시지요."

"주인님이라는 호칭을 쓰지 말고 그냥 팽 공자라고 편하게 불러 주시지요. 나이도 어린 제가 그런 호칭을 듣게 되면 싸가지없다고 욕먹습니다."

"헉."

생각지도 못한 말에 백미랑은 입을 딱 벌렸다.

그녀가 놀랄 틈도 없이 한빈이 다시 말을 이었다.

"그리고 문주는 백 소저께서 맡으시죠."

"네?"

"부탁이 아니라 지시입니다."

"며, 명 받들겠습니다."

"그리고 마지막으로, 저를 도와주십시오."

"명에 따르겠습니다."

백미랑은 고개를 숙였다.

하지만 정신은 세찬 풍랑에 흔들리는 돛단배처럼 어지럽기만 했다.

한 치의 고민도 없이 하오문의 문주 자리를 자신에게 양보하다니?

거기에 요구 사항이라고는 자신을 도와달라니?

이제까지의 걱정은 단숨에 날아가 버렸지만, 이걸 어떻게 받아들여야 할지 몰랐다.

그때 한빈이 말했다.

"다시 한번 말하지만 지시입니다. 제가 이 상자의 주인이라는 건 인정하겠습니다. 하지만 문주가 되고 안 되고는 제 선택이 아닐까 합니다. 그러니 내 지시에 따라 주시죠."

"네, 주……. 아니 팽 공자님."

백미랑이 공손하게 고개를 숙였다.

그때 한빈이 말을 이었다.

"제가 여기에서 얻을 것은 모두 두 가지였습니다. 첫째는 하오문과 아군이 되는 것이었습니다. 그런데 어느 정도 성취한 것 같군요."

"그럼 두 번째는 무엇인가요?"

"그건 비밀입니다."

한빈이 씩 웃었다. 두 번째 목적은 바로 만월의 비밀을 알아내는 것이었다.

그런데 이 상자를 얻었으니 만월의 비밀을 푸는 것은 이제 시간문제.

그때 백미랑이 조심스럽게 물었다.

"혹시 두 번째가 판돈을 찾아가는 게 아니었는지요?"

"그것은 목적이 아닙니다. 당연히 찾아야 할 판돈이 어찌 목적이 될 수 있겠습니까?"

"그럼 판돈은……."

"그건 숨을 쉬는 것처럼 자연스러운 일입니다. 숨을 쉬는 것을 목적으로 삼는 이는 강호에 없겠지요."

말을 마친 한빈은 엄지와 검지를 말아 동전 모양을 만들었다.

그 모습에 백미랑이 입을 벌렸다.

그것도 잠시, 백미랑은 미소 지었다.

백미랑이 보기에 한빈은 사군자의 덕목을 지닌 사람이었다.

거기에 더해 한빈은 바람에 흩날리는 나뭇잎처럼 어디로 흘러갈지 모르는 사람이었다.

즉, 자유로운 영혼이라는 말이었다.

돈을 밝히는 척하지만 저 돈은 분명 민초를 위해 쓸 것이었다.

백미랑은 엎드려 있던 예연에게 눈짓했다.

그 눈짓을 받은 예연이 어디론가 뛰어갔다.

그녀가 다시 나타난 것은 양하삼과 함께였다.

양하삼은 거대한 자루 두 뭉치를 양손에 들고 걸어왔다.

그는 백미랑의 앞에 자루 두 개를 내려놓았다.

자루를 본 백미랑이 고개를 돌렸다.

"한번 확인해 보시지요. 주, 아니 팽 공자님."

"확인할 것이 뭐 있겠습니까? 짐을 내리는 것만 도와주시죠."

한빈이 씩 웃었다.

백미랑은 다시 한번 확신했다.

돈에 목적이 있었다면 자루에 든 액수를 확인했을 터였다.

하지만 한빈은 확인하지 않았다.

국화의 고매한 기품이 한빈에게 묻어 나왔다.

처음에는 의심으로 가득했던 백미랑은 이제 한빈을 완벽하게 믿고 있었다.

비록 문주 자리를 거절했지만, 그녀의 마음속에 한빈은 영원한 주인이었다.

한빈은 진지한 백미랑의 표정에 고개를 갸웃했다.

판돈을 찾아가는데 저런 표정을 짓는 것은 조금 부담스러웠다.

잠시 진지한 대화가 오갔다.

대화 대부분은 한빈의 부탁이었다.

"……제 부탁은 거기까지입니다."

한빈이 사람 좋은 얼굴로 웃었다.

백미랑은 한빈을 보며 연신 고개를 끄덕였다.

한빈의 부탁 중에 무리한 것은 한 가지도 없었다.

그때 한빈이 뭔가 기억난 듯 다시 말을 이었다.

"마지막으로 한 가지가 더 있습니다."

"뭔가요? 저희 힘으로 가능하다면 도와드리겠습니다. 팽공자님."

"별건 아니고, 무림세가 중 하나를 감시해 주셨으면 좋겠습니다."

"무림세가요?"

"네."

"혹시, 사천당가와 제갈세가를 말씀하시는 건가요?"

질문을 던진 백미랑은 눈을 가늘게 떴다.

그도 그럴 것이, 백미랑이 말한 하오문의 기반이 된 가문
은 그 두 가문이었다.

두 가문을 감시한다면 사라진 전대 문주도 찾을 수 있으리
라 생각한 적도 있었다.

하지만 그것은 착각이었다.

하오문도 두 가문을 감시하고 있었지만, 포기한 지 오래되
었다.

두 가문과 하오문의 관계는 확실하게 끊겼다.

그것도 백 년 전에 말이다.

한빈이 손을 흔들었다.

"두 가문을 말하는 것이 아닙니다. 하북팽가를 감시해 주
십시오."

"네?"

백미랑은 눈을 크게 떴다.

갑자기 자신의 가문을 감시해 달라니, 그게 무슨 말인가?

그때 한빈이 다시 말을 이었다.

"수상한 일이 일어난다면 바로 제게 연락해 주셨으면 좋겠
습니다."

"수상한 일이라면……."

"하오문의 눈에 수상하게 보인다면 그게 수상한 일이겠지요."

"네, 명심할게요. 흘러나오는 낙엽 하나까지 감시하겠다고 약속할게요."

"감사합니다."

한빈이 고개를 살짝 숙이자 백미랑이 황급하게 일어났다.

순간 그녀의 상의가 살짝 흘러내려 어깨가 드러났다.

백미랑은 황급하게 옷을 고쳐 입으며 어색하게 웃었다.

"제가 실수했네요."

말을 해 놓고 백미랑은 한빈의 눈치를 봤다.

그것도 잠시, 백미랑은 입을 딱 벌렸다.

한빈은 부처의 현신이 맞았다.

지금 백미랑은 주인으로 생각되는 한빈을 살짝 유혹한 것.

하지만 한빈은 자신에게 눈길도 주지 않았다.

백미랑은 한편으로는 자존심이 상했다.

하지만 한빈을 향한 존경심은 더욱 높아졌다.

그 후 앞으로 연락을 취할 방법을 상의한 뒤, 한빈은 자리에서 일어났다.

계속 배웅하겠다는 그녀를 막은 것은 한빈이었다.

워낙 눈에 띄는 외모에.

눈에 띄는 복장을 한 그녀가 같이 나오게 되면 세인들의 주목을 받게 될 것은 뻔했다.

한빈은 장하삼의 호위를 받으며 구 층에서 내려왔다.

구 층으로 올라갈 때는 예연을 따라 올라갔던 한빈이었다.

하지만 내려올 때는 마치 자신이 이곳의 주인인 양 당당하게 앞장서서 내려왔다.

일 층으로 내려온 한빈은 만월루의 밖을 둘러봤다.

사람들은 모두 집으로 돌아갔는지, 저잣거리는 휑하기만 했다.

밖으로 나가려던 한빈은 고개를 갸웃했다.

설화가 보이지 않았기 때문이다.

미간을 좁힌 한빈이 물었다.

"설화는 어디 있지? 청화야."

"내기에서 딴 돈 찾으러 간다고 했어요. 그 돈으로 맛있는 거 사 준다고 설화 언니가 약속했어요."

"허, 대견하구나."

"그렇죠? 저도 같이 걸었으면 돈을 벌었을 텐데……."

청화는 아쉬운 듯 입맛을 다셨다.

그때 설화가 소리 없이 다가왔다.

"저 왔어요, 공자님."

"얼마나 땄는지 볼까?"

한빈이 설화의 손에 들려 있는 전낭을 보자 설화는 배시시 웃었다.

"안 보여 줄래요. 이건 비밀이에요."

설화는 빙긋 웃고는 조그마한 전낭을 흔들며 앞으로 걸어
갔다.

그 전낭에는 월(月)이라는 글자가 정갈하게 찍혀 있었다.

아무래도 만월루의 물품인 듯싶었다.

전낭은 제법 묵직해 보였다.

그 모습에 청화는 눈을 반짝였다.

"저도 같이 가요, 언니."

"그래, 일단 당과부터 사러 가야지."

"저도……."

"당연하지."

그 둘의 대화에 당세령은 빙긋 미소를 지었다.

그러나 곧 당세령은 고개를 갸웃했다.

밖으로 나왔는데도 양하삼이라는 호위가 계속 따라붙었기
때문이었다.

당세령이 눈을 가늘게 뜨고 보자, 양하삼은 고개를 푹 숙
인 채 따라왔다.

순간 당세령의 눈에 양하삼이 들고 있는 자루가 보였다.

그곳에도 월이라는 글자가 찍혀 있었다.

그 모습에 당세령이 물었다.

"혹시 저건 뭔가요? 팽 공자님."

"만월루에서 준 선물입니다."

"선물이요?"

당세령이 고개를 갸웃할 때, 마차 한 대가 한빈 일행의 앞에 섰다.

한빈이 아무렇지 않게 마차에 올랐다.

양하삼은 마차에 두 자루의 주머니를 넣고는 공손히 한빈에게 포권했다.

당세령은 지금 무슨 일이 일어난 것인지 도저히 알 수 없었다.

그때였다.

설화와 청화가 달려와 마차에 사뿐히 올랐다.

스륵.

이제는 구걸십팔보가 몸에 익은 듯 평상시의 걸음까지 달라진 설화였다.

마차에 오른 설화는 재빨리 청화를 잡아끌었다.

청화까지 마차에 타자, 설화가 안도의 한숨을 내쉬었다.

"휴, 저희 두고 가시려고 했던 거예요? 공자님."

"다행이다, 휴."

청화도 한숨을 내쉬며 떡을 한 입 베어 물었다.

떡을 오물거리던 청화가 슬그머니 한빈의 옆에 있는 자루를 바라봤다.

그러고는 설화의 옆구리를 콕 찔렀다.

"언니 것보다 아주 큰데요."

"괜찮아. 그래도 우리는 천하에서 두 번째 가는 부자잖아, 헤헤."

설화가 빙긋 웃었다.

당세령은 그들의 대화에 고개를 갸웃하더니 이내 마차의 밖을 바라봤다.

그녀는 과연 일꾼들이 사천당가로 진짜 올까 궁금해하고 있었다.

사실 한빈이 받아 놓은 서약서가 있기에 조금은 안심하고 있지만, 일하기 싫다는 사람을 억지로 끌어다가 노역을 시킬 수는 없는 일이었다.

❧

네 시진 후, 사천당가의 정문.

사천당가의 경비 무사는 눈을 크게 떴다.

멀리서 황토색 먼지구름이 피어올랐기 때문이다.

그 먼지구름은 천천히 사천당가 쪽에 가까워졌다.

경비 무사는 먼지구름을 보며 동료에게 물었다.

"저게 대체 뭔가?"

"아무리 봐도 적인 것 같네. 자네는 어서 상황을 알리게."

"잠시만 기다리게."

무사는 재빨리 안쪽으로 들어갔다.

안쪽으로 들어간 무사는 안쪽에 있는 줄을 크게 세 번 잡아당겼다.

땡. 땡. 땡.

줄을 잡아당긴 숫자만큼 멀리서 종이 울린다.

지금 잡아당긴 줄은 적이 왔음을 알리는 신호였다. 줄을 잡아당기면 가주전 앞에 연결된 종을 치게 되어 있었다.

물론 그곳에서 줄을 당기면 대문에 있는 종이 울린다.

종을 울리는 것으로 의사소통을 하는 것이다.

정문에서 경비 무사가 보내는 신호는 간단했다.

일반적인 손님이 온다면 종을 울리지 않는다.

평소에는 경비 무사 중 하나가 직접 접객당으로 찾아가 보고를 올린다.

종이 울린다는 것은 보통의 상황이 아니라는 것이다.

한 번은 불청객.

두 번은 감당할 수 있는 적군.

세 번은 정체불명의 적군에 대비하라는 신호였다.

즉 세 번째는 비상사태임을 알리는 종소리였다.

이렇게 신호를 보내게 되면 즉시 답장이 온다.

경비 무사는 다시 한번 밖의 상황을 살폈다.

지금 천천히 몰려오는 황토색 먼지구름은 누가 봐도 대규모의 병력이었다.

그때였다.

대문의 옆에 있는 종이 울린다.

땡. 땡. 땡.

세 번의 종이 울리자 경비 무사는 재빨리 밖으로 나갔다.

적의 출현에 어찌 대비해야 할지 신호가 온 것이다.

세 번의 종이 울렸다는 것은 문을 걸어 잠그라는 뜻이었다.

경비 무사가 한쪽 문고리를 잡자, 그의 동료가 잽싸게 다른 쪽의 문고리를 잡는다.

두 명의 경비 무사는 재빨리 문을 닫았다.

두 두둑.

육중한 대문이 먼지를 흩날리며 움직인다.

쿵.

문이 닫히자 경비 무사는 한숨을 내쉬었다.

"휴……. 어째 바람 잘 날이 없군."

"그러게 말일세."

그들이 잠시 숨을 돌리고 있을 때였다.

밖에서는 수많은 이의 발소리가 울리기 시작했다.

투두둑.

점점 가까워지는 발소리.

적이 점점 가까워지고 있다는 증거였다.

경비 무사는 마른침을 삼키며 문에 난 정찰용 구멍을 통해 밖을 바라봤다.

순간 경비 무사는 비명을 질렀다.

"헉!"

"왜 그러나?"

동료 경비 무사가 재빨리 묻자, 구멍에서 눈을 뗀 그는 떨리는 목소리로 말을 이었다.

"황당하네. 저건 사천의 백성들이야."

"그 먼지구름이 사천의 백성들이었다고?"

"자네가 직접 보게."

경비 무사가 구멍을 가리키자, 다른 경비 무사가 재빨리 밖을 보았다.

구멍을 통해 밖을 보던 경비 무사의 눈이 커졌다.

도저히 상황이 이해되지 않았던 것.

"대체 왜 저렇게 화가 나 있다는 말인가?"

"그러게 말일세."

그때였다.

한 줄기 바람이 그들의 뒤통수에서 느껴졌다.

휘릭.

그 바람에 두 명의 경비 무사는 재빨리 고개를 돌렸다.

그곳에서는 소가주 당광현이 나와 있었다.

당광현의 뒤에는 십대세가의 고수들이 도착해 있었다.

경비 무사의 등에서 소름이 돋았다.

밖의 상황도 이해 못 하겠지만, 자신도 모르는 사이에 대규모의 인원이 코앞까지 있다는 것이 두려웠다.

천외천.

그것이 경비 무사가 느낀 단어였다.

경비 무사가 입을 벌리고 있자 당광현이 말했다.

"무슨 일인지 소상히 말해 보아라."

"가, 가주님! 알겠습니다. 밖에 사천의 백성들이 몰려와 있습니다."

경비 무사가 떨리는 목소리로 답하자, 당광현이 다급하게 물었다.

"사천의 백성들이라……. 그렇다면 정체불명의 적이 그들이란 말이냐?"

"네, 맞습니다."

"그럼 문을 열어라."

"아니 됩니다. 저들은 주화입마에라도 걸린 듯 눈이 시뻘게져서는 다들 손에 무기를 들고 와 있습니다."

경비 무사는 손짓까지 하며 상황을 설명했다.

"무기라고?"

당광현이 물었다.

백성들이 무기를 들고 있다는 말이 이해가 안 됐던 것이다.

경비 무사 둘은 서로를 바라봤다.

그러더니 다른 경비 무사가 입을 열었다.

"정확히는 눈이 시뻘게져서 곡괭이나 쟁기를 들고 있습니다. 숨까지 거칠게 몰아쉬는 것을 보니, 분명히 무슨 일이 일어난 듯싶습니다."

다른 경비 무사의 보고는 구체적이었다.

그때 뒤쪽에 있던 남궁장천이 훌쩍 담장으로 뛰어올랐다.

그는 담장 위에서 아래를 내려다보고는 다시 돌아와서는 한숨을 내쉬었다.

"휴······. 경비 무사의 말이 맞습니다."

"대체 무슨 일로······."

팽대위가 당황한 듯 말끝을 흐렸다. 그가 당황한 이유는 딱 한 가지였다.

사천의 백성들이 몰려온다면, 그 이유는 딱 한 명과 관계가 있었다.

팽대위가 마른침을 삼키자, 당광현이 물었다.

"팽 대협, 뭔가 짚이는 것이라도 있소?"

"모르겠습니다."

"팽 공자가 저들에게 무슨 수를 썼기에 저리 화나 있단 말이오?"

"저도 정말 모르겠습니다."

팽대위는 고개를 흔들었다.

그는 지금 상황이 이해가 되지 않았다.

고개를 흔들던 팽대위가 심호흡하며 다시 말을 이었다.

"우리 한빈이가 저런 실수를 할 리 없습니다. 문을 열고 만나서 얘기해 보는 것이 어떻겠습니까?"

"지금 문을 연다라……."

당광현은 말끝을 흐렸다.

잠시 생각이 잠긴 듯 관자놀이를 짚고 있던 당광현이 고개를 좌우로 흔들었다.

"그건 안 될 말이오. 딱 보기에도 흥분한 듯 보이오. 팽 대협도 아시겠지만, 이대로 만나면 저들이 위험하오."

당광현은 문밖을 가리켰다.

그 모습에 십대세가의 대표들이 고개를 끄덕였다.

팽대위는 입술을 살짝 깨물었다.

저들의 말이 맞았다.

무공도 모르는 성난 백성들과 맞닥뜨린다는 것은 위험천만한 일이었다.

저들이 무서워서가 아니었다.

화를 주체하지 못하는 자들을 상대하다 보면 할 수 없이 살초를 펼쳐야 할 수도 있기 때문이었다.

문제는 상대가 무공을 모른다면 그것이 살육에 불과하다는 점.

힘없는 백성을 힘으로 누른다면 그것이 어찌 정파라 할 수 있겠는가?

독을 쓰고 암기를 던져도.

사천당가의 뿌리는 정파였다.

팽대위가 상념에 빠져 있을 때, 십대세가의 대표 중 누군가가 말했다.

"대체 팽 공자가 무슨 짓을 한 겁니까?"

그것은 팽대위를 향해 던진 말이었다.

분명한 질책.

모두는 팽대위를 보고 웅성대기 시작했다.

물론 한빈과 관계있는 가문의 대표들은 쓴 입맛을 다셨다.

가장 표정이 일그러진 것은 역시 팽대위.

달면 삼키고 쓰면 뱉는다는 강호의 속담이 딱 들어맞았다.

조금 전의 회의에서도 한빈을 칭찬하기에 바빴던 그들이었다.

그런데 막상 일이 터지자 이렇듯 태도를 바꾼 것이었다.

그때였다.

뒤쪽에서 폭풍우 같은 기세가 일어났다.

그 기세에 모두가 뒤를 돌아봤다.

그곳에는 당무천이 팔짱을 끼고 서 있었다.

모두의 시선이 모이자 당무천이 천천히 걸어갔다.

터벅터벅.

그는 십대세가의 대표들을 그냥 지나쳤다.

그러고는 경비 무사의 앞에 섰다.

한 걸음 한 걸음에 기세가 느껴지자 경비 무사들은 움찔했다.

멀뚱히 당무천을 바라보는 두 명의 경비 무사.

그들 중 하나가 힘겹게 입을 열었다.

"가, 가주님을 뵙습니다."

"예는 됐네. 어서 문을 열게."

"하지만⋯⋯."

경비 무사는 자신도 모르게 주변을 살폈다.

모두가 심각한 분위기를 느끼고 조심하고 있는데, 가주만이 문을 열라고 하니 이상했던 것이다.

그때 당무천이 안광을 번쩍였다.

순간 경비 무사의 눈이 커졌다.

당무천은 사천당가의 절대자를 넘어선 사천 땅의 지배자였다.

그런데 한낱 경비 무사인 자신이 그의 명을 어긴 것이다.

그때 당무천이 말을 이었다.

"그렇게 무서워할 필요는 없네. 빨리 문을 열게."

"네, 알겠습니다. 가주님."

경비 무사는 재빨리 고개를 숙이고 빗장을 올렸다.

그러고는 문고리를 잡았다.

다른 경비 무사도 문고리를 잡았다.

드드득.

육중한 문이 열리자, 문 앞에서 농기구를 들고 있는 백성들이 모습을 드러냈다.

순간 십대세가의 고수들은 눈매를 좁혔다.

경비 무사의 보고대로 그들의 상태는 심각했다.

입술은 말라 있으며 눈이 시뻘겠다.

그들이 무인이라고 한다면 주화입마에 들었다 오해할 수도 있는 상태였다.

거기에 농기구를 든 그들의 손은 부들부들 떨리고 있었다.

그 모습에 당무천도 흠칫했다.

한빈을 믿기에 열라고 했지만, 그들의 표정을 보니 상황이 심상치 않음을 느낀 것이다.

당무천은 기세를 철저히 감추고 문 앞으로 걸어갔다.

그들은 무인이 아닌 일반 백성이었다.

당무천의 기세를 견딜 자가 있을 리 없었다.

당무천은 그들을 힘으로 누를 생각이 없었다.

어찌 된 상황인지를 알고 싶을 뿐이었다.

눈이 시뻘게진 그들 앞에 선 당무천이 말했다.

"나는 사천당가의 가주 당무천이네. 누가 나와서 이 상황을 설명해 보겠나?"

당무천의 목소리에는 내공이 실려 있지 않았다.

하지만 그의 목소리는 뒤쪽까지 똑똑히 퍼져 나갔다.

그때 그들 중 하나가 나왔다.

그는 농기구 대신 등짐을 지고 있었다.

앞으로 나온 그는 당무천을 바라보며 자신을 소개했다.

"소인은 종운현에 사는 이소운이라고 합니다요."

"그래, 알겠네. 소개는 됐고. 자초지종을 말해 보게."

"저희는 모두 사천당가의 은혜를 입고 사는 백성들입니다요. 그러니까……."

이소운은 자신의 이야기를 줄줄이 늘어놓았다.

때아닌 가뭄으로 일거리가 줄어들었다는 것으로 시작해서 그는 이런저런 자신의 고충을 털어놓았다.

그러다가 그는 만월루가 있는 저잣거리에서 있었던 일들을 설명하기 시작했다.

"……여기까지가 제 이야기입니다. 여기 모인 이들도 저와 별반 다르지 않을 것입니다요."

그는 다시 한번 당무천에게 고개를 숙였다.

그의 말이 끝나자 당무천의 뒤쪽에 있는 십대세가의 대표들은 웅성대기 시작했다.

"허허, 팽 공자가 그런 일을 벌였다고?"

"믿을 수 없군."

"아무런 약조도 없이 호의를 베풀다니, 그럴 수가……."

그들이 웅성거리자 당무천은 손을 들었다.

그 모습에 모두는 입을 닫았다.

순간 당무천이 다시 말을 이었다.

"이제까지 들은 내용으로 본다면 자네들은 은혜를 갚기 위해 이렇게 왔단 말인가?"

"네, 그렇습니다요."

"그럼 왜 눈이 시뻘게져서 있다는 말인가?"

"어르신, 생각해 보십시오. 저희 같은 힘없는 자들에게 호의를 베풀 가문이 세상천지에 어디 있습니까요? 그나마 사천당가의 도움으로 근근이 버텨 왔습니다. 하지만 이제는 한계라고 생각했습니다요."

"한계라……."

"일거리는 떨어지고 식량도 떨어지고……. 이제는 빚을 갚아야 할 날짜도 돌아오고……."

그는 하소연을 이어 나갔다.

그의 하소연에 나머지 사람들은 고개를 끄덕였다.

동시에 고개를 끄덕이는 모습이, 마치 들판의 벼가 바람에 흔들리는 것처럼 일정했다.

모두가 공감하고 있다는 말이었다.

그가 숨이 가쁜지 잠시 호흡을 가다듬고 있을 때, 당무천이 물었다.

"그건 알겠으니, 왜 눈이 시뻘게진 것인지나 말해 보게."

당무천은 다시 한번 물었다.

아무리 생각해도 그들의 눈이 시뻘게진 이유와 지금의 이야기는 관계가 없었기 때문이다.

이소운이란 자는 당무천의 말이 끝나자 기다렸다는 듯 말을 이었다.

"그야 당연합죠. 저희는 여기까지 오는 동안 울었습니다. 감격해서 울고 무서워서 울었습니다."

"그게 무슨 말인가?"

"지금 사천당가의 내부는 독 기운이 잔뜩 퍼져 사람 살 곳이 못 된다는 소문이 퍼져 있습니다. 그런 곳에서 일하려면 죽을 각오를 해야 하는 것은 당연합죠."

"허허, 그런 소문이 퍼졌단 말인가?"

당무천은 다시 한번 물었다.

물론 당무천도 알고 있었다. 하지만 다시 한번 확인하기 위함이었다.

당무천의 물음에 이소운이 답했다.

"네, 그렇습니다요."

동시에 뒤쪽에 있는 자들이 약속이나 한 듯 고개를 끄덕였다.

당무천은 그 모습에 이소운이란 자가 나머지 사람들에게 제법 영향을 미친다는 것을 알 수 있었다.

당무천이 다시 물었다.

"그런데도 여기에 왔는가?"

"길거리에서 굶어 죽어도 누구 하나 신경 써 주지 않았던 저희입니다요. 그런데 관음보살의 현신이 저희에게 손을 내밀어 주셨습니다요. 저희는 그분이 부탁한 대로 사천당가를 위해 목숨을 바치기로 했습니다요."

말을 마친 이소운을 그 자리에서 무릎을 꿇었다.

순간 당무천은 당황했다.

무인도 아닌 이들이 이런 예를 갖추는 것은 처음 보았다.

보통 그들이 과한 예를 취할 때는 납작 엎드리기 마련이었다.

그들이 과한 예를 취할 때는 목숨을 구걸할 때밖에는 없었기 때문이다.

그던데 그들이 지금 행하는 예는 목숨을 구걸하는 것이 아닌, 목숨을 바치기 위함이었다.

그들에게서 무인의 기개마저 느껴지는 상황.

당무천은 한숨을 내쉬었다.

"휴……."

수많은 감정이 담긴 한숨이었다.

당가가 사천 땅에 뿌리를 내린 지 수백 년.

이토록 백성들의 마음을 사로잡았던 적이 있던가.

그 한숨 뒤에 당무천의 목소리가 이어졌다.

"다들 일어나게."

그 목소리는 가을날의 산들바람처럼 부드러웠다.

하지만 그들은 일어나지 않았다.

대신에 이소운은 고개를 바닥에 닿도록 숙였다.

"진룡소협께 감사합니다요. 사천당가에 은혜를 입었습니다요."

말을 마치고 자리에서 일어난 그는 자신의 등짐에 있던 물건 중 하나를 꺼냈다.

그것은 톱이었다.

그는 톱을 높게 들고 외쳤다.

"은혜를 갚자!"

그가 외치자 뒤쪽에서 똑같이 외쳤다.

"사천당가의 은혜를 갚자! 진룡소협의 은혜를 갚자!"

그 외침은 한동안 사천당가의 담장 밖에서 울려 퍼졌다.

그 모습에 당무천은 조용히 하늘을 올려다봤다.

그 하늘 위에 하나의 얼굴이 그려지는 것은 어찌 보면 당연한 일.

그의 뒤쪽에 있던 팽대위는 연신 고개를 가로저었다.

한빈이 이렇게 일을 벌일 때면 항상 느끼는 감정이 하나 있었다.

그것은 절벽을 타고 하강하는 새를 탄 느낌이라는 것이다.

절벽을 타고 아래로 떨어지는 새는 언젠가는 위로 날아오르기 마련.

하지만 아래로 떨어질 때의 기분은…….

팽대위는 생각을 이어 가지 못했다.

누군가가 자신의 손을 꼭 잡았기 때문이었다.

팽대위는 상념을 떨치고 앞을 바라봤다.

그곳에는 당광현이 화사한 미소를 짓고 있었다.

"고맙네, 팽 대협. 우리 사천당가는 하북팽가의 은혜를 절대 잊지 않겠네."

"아, 아닙니다, 당 대협. 강호인끼리는 다 돕고 사는 거 아니겠습니까? 하하하."

팽대위는 실없이 웃었다.

자신은 한 것이 아무것도 없는데 이런 인사를 받는 것이 어색했던 것.

당광현은 팽대위에게 다시 한번 고개를 숙인 후 일꾼들 앞에 섰다.

사정을 알았으니 지금부터는 그들을 관리해야 했다.

그것은 소가주인 그의 책임.

당광현은 일꾼들을 데리고 사천당가의 안으로 들어왔다.

당광현이 일꾼들을 안으로 들이는 모습을 십대세가의 대표들은 흐뭇한 표정으로 바라봤다.

어찌 된 일인지는 모르겠지만, 가장 큰 문제가 해결되었기 때문이다.

정문을 지나치는 일꾼들을 보던 팽대위는 자신도 모르게 입을 크게 벌렸다.

일꾼 중에는 눈에 익은 자가 몇몇 보였기 때문이다.

그들 중에는 분명히 적혈맹호대의 대원들이 끼어 있었다.

팽대위는 머릿속으로 그 상황을 상상해 보았다.

그러고는 눈을 크게 떴다.

대충 어떻게 된 상황인지를 알 것만 같았다.

아무리 은혜를 입었다고 한들 이렇게 빨리 사천당가로 몰려올 수는 없었다.

이것은 한빈이 짜낸 계략이 분명했다.

팽대위가 적혈맹호대 대원을 바라보자, 그중 조호가 살짝 고개를 흔든다.

모른 척해 달라는 신호였다.

조호도 사실은 이런 방법이 먹힐 줄은 상상도 못 했었다.

한빈과 면담을 끝낸 이들은 멀리 떨어진 장소에서 의견을 나누었다.

모든 것이 주군인 한빈의 예상대로였다.

조호와 적혈맹호대는 그들의 무리에 묻혔다.

그들은 침을 튀겨 가며 의견을 교환했다.

그도 그럴 것이, 그 정도의 은혜를 입고 그냥 집으로 돌아간다는 것은 꺼림칙했다.

그것이 작다면 그냥 넘길 수도 있었다.

하지만 말도 안 되는 금액을 지원받은 그들이었다.

은혜라는 끈끈한 끈을 벗어날 수 없었고.

부담감이라는 목줄이 매였다.

그때 조호와 장삼 그리고 몇몇 적혈맹호대 대원들은 바람을 잡았었다.

이런 은혜를 받고도 모른 척하면 인간이 아니라는 자도 있었고.

　도움이 필요한 것은 당장이지, 나중이 아니라는 자도 있었
다.

　몇몇 이들은 흐느끼는 이들도 있었다.

　그들의 감정은 고스란히 한빈에게 은혜를 입은 이들에게
전파되었다.

　집단 감정이라는 것은 실로 무서웠다.

　조호는 민란이라는 것이 왜 일어나는지 알았다.

　적혈맹호대가 붙인 작은 불씨는 단번에 활활 타올랐다.

　그 불씨가 바로 그들의 눈시울을 뜨겁게 적신 것이다.

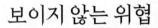

보이지 않는 위협

불씨를 뿌린 조호마저도 묘하게 눈물이 났다.

남에게 보여 주기 위한 거짓 감정이 아니라 실제로 눈물이 났었다.

사람의 감정을 이토록 잘 움직이는 주군은 대체…….

열 길 물속은 알아도 한 길 사람 속은 모른다는 것이 강호의 속담이었다.

그런데 주군인 한빈은 열 길만 한 사람의 마음속을 꿰뚫어 보고 있는 것만 같았다.

열 길 마음속을 꿰뚫어 보고 열 수의 앞을 내다보고 판을 짜는 것이 아니었을까?

그렇다면…….

조호는 주먹을 꽉 쥐었다.

주군인 한빈에 대한 믿음만큼 조호는 주먹에 힘을 주었다.

하지만 그 힘만으로는 주군에 대한 마음을 표현할 수 없었다.

갑자기 다시 눈물이 쏟아지는 조호.

그때 이소운이 그의 어깨를 두드렸다.

"젊은이, 너무 감정에 휩쓸리지 말게. 은혜야 갚으면 되지 않는가?"

이소운의 위로에 조호가 답했다.

"네, 그렇죠."

말을 마친 조호는 소매로 눈물을 훔쳤다.

이제는 주객이 전도된 상황.

적혈맹호대가 나서지 않아도 사천의 백성들은 주군인 한빈의 맹신도가 된 상황이었다.

잠시 후, 당광현은 대표로 보이는 이소운이란 자에게 말했다.

"가문의 소가주로서 감사의 인사를 건네겠네."

"아닙니다요. 은혜를 입은 것은 저희입니다요. 아무런 조건 없이 그렇게 호의를 베푼 분들은 아마 중원 역사에서도 없을 것입니다요."

"자네들이 이렇게 오지 않았나. 그리고 사천당가에는 자네들이 걱정하는 독 기운은 남아 있지 않다네."

당광현은 마지막 말은 모두가 들을 수 있게 목소리를 올렸다.

괜한 두려움은 일에 방해가 되기 때문이었다.

아니나 다를까.

이소운은 깜짝 놀란 얼굴로 되물었다.

"네?"

"독 기운은 한 점도 남아 있지 않으니 안심해도 좋네."

"헉."

이소운은 놀란 얼굴로 자리에 멈췄다.

그러고는 당광현을 향해 깊게 허리를 숙였다.

독 기운이 남아 있지 않다면 자신들은 생명을 건 것도 아니었다.

즉, 이제는 사천당가와 진룡소협에게 빚만 진 셈이 되었다.

한숨을 토해 낸 이소운은 미안한 표정으로 말을 이었다.

"저희가 한 것이라고는 손도장을 찍은 것밖에는 없는데, 이런 호의를 베풀다니……."

"손도장이라니, 그게 무슨 말인가?"

"진룡소협께서 나중에 확인을 위한 문서라면서 손도장을

받았습니다요. 그게 당연합죠. 누가 누군지도 모르는
데⋯⋯."

그는 진룡소협 한빈의 이야기를 다시 늘어놓기 시작했다.

이소운의 말에 십대세가의 대표들은 조용히 입을 벌렸다.

그중 가장 놀란 것은 제갈공민이었다.

제갈공민은 조용히 자신의 오른손을 바라봤다.

그곳에는 흑유의 흔적이 희미하게 남아 있었다.

흑유의 특성상 며칠은 지나야 완벽하게 없어진다.

이것은 아직 사라지지 않은, 서약서에 손도장을 찍은 흔적
이었다.

이 정도의 속도라면 하북팽가의 사 공자는 전 중원인에게
문서로 약조를 받은 수준이었다.

***

일꾼들이 도착한 후 두 시진이 지나서야 한빈이 탄 마차가
도착했다.

한빈 일행이 마차에서 내리자, 경비 무사 중 하나가 쪼르
르 달려왔다.

당세령은 마차에 내린 후 달려오는 경비 무사를 보고 손을
내저었다.

과한 예는 삼가라는 말을 하려 할 때였다.

경비 무사는 당세령을 지나쳤다.

그러고는 한빈의 앞에 가서 포권했다.

"진룡소협 대협."

"네? 소협이면 소협이고 대협이면 대협이지, 소협과 대협이 왜 합쳐집니까? 그냥 편하게 팽 공자라 불러 주십시오."

"아, 죄송합니다. 너무 흥분해서 말이 헛나왔습니다."

"대체 무슨 일입니까?"

"일꾼들이 도착했습니다, 팽 공자님."

"아, 그렇군요."

한빈은 고개를 끄덕이자, 경비 무사의 눈이 커졌다.

"알고 계셨습니까?"

"제가 천리안을 지닌 것도 아닌데 어떻게 알고 있었겠습니까?"

"아, 혹시 도와드릴 거라도……."

"저 안에 자루 좀 제 처소로 옮겨 주십시오."

"물론입죠. 걱정하지 마십시오, 팽 공자님."

경비 무사는 마차 안에 있던 자루를 잡았다.

그러고는 낑낑대며 조그마한 손수레에 실었다.

그 모습에 당세령은 깜짝 놀랐다.

자신에게 눈길도 주지 않은 경비 무사의 모습 때문이었다.

경비 무사는 가문에서 가장 눈치가 빠른 자가 맡는 자리였다.

앞에서 손님들을 접대하는 것도 일인 만큼, 눈치가 경비 무사에게는 최고의 덕목이었다.

그런데 경비 무사가 자신이 아닌 한빈에게 인사를 건넨 것이다.

한빈이 무리 중에 가장 영향력이 있는 자라 판단했다는 뜻이었다.

나올 때와 들어올 때의 한빈의 위상이 달라진 것.

당세령은 표정을 지우고 한빈에게 물었다.

"놀라지 않으시네요."

"뭐, 씨를 뿌렸으면 거두는 것은 당연한 게 아닌가요?"

"……."

당세령은 조용히 한빈을 바라봤다.

너무나 당연하다는 듯 말하는 한빈의 모습에 반박하고 싶었다.

하지만 반박할 수가 없었다.

한빈이 말하는 모든 것은 너무나도 합당해 보였기 때문이다.

한빈 일행은 바로 일꾼들이 모여 있는 곳으로 갔다.

그곳에는 일꾼의 대표인 이소운과 당광현이 머리를 맞대

고 있었다.

"나으리, 아무리 생각해도 석공과 목수가 모자랍니다요. 잔해를 제거하고 틀을 세우는 정도라면 일반 일꾼으로도 충분합니다. 하지만 세부적으로 돌을 다듬고 나무를 깎아야 하는 작업은 저들에게 맡길 수 없습니다. 이 상태에서 목수와 석공만 충분하다면 한 달 내에 공사를 끝낼 수가 있습니다요."

"허, 그 일꾼을 어디에서 구한단 말인가?"

"어떻게든 구해야 합니다요. 이대로라면 인원만 많지, 공사를 끝내려면 올해가 다 가도 힘들다고 생각합니다요."

"묘안이 없는가? 자네들은 여기가 안전하다는 것을 알지 않는가?"

"저희도 여기에 들어와서 알게 된 것입죠. 제가 다른 마을에서 아무리 외쳐도 믿어 주지 않을 겁니다요."

"음."

당광현은 미간을 좁혔다.

이소운의 말은 사실이었다.

잡일을 해 줄 일꾼은 차고도 넘쳤다.

사천당가에 빚을 진 사람들이 모두 몰려왔기 때문이었다.

하지만 숙련된 목수와 석공이 문제였다.

아무리 일꾼이 많아도 핵심적인 작업을 할 두 부류의 일꾼이 없다면, 이소운의 말대로 겨울을 넘겨 작업해야 할 수도 있었다.

그때였다.

뒤쪽에서 헛기침 소리가 들려왔다.

"흠."

그 소리에 당광현은 재빨리 고개를 돌렸다.

그곳에서는 한빈이 입을 막고 어색하게 웃고 있었다.

당광현이 깜짝 놀라 물었다.

"팽 공자, 자네 언제 왔는가?"

"지금 막 돌아왔습니다. 그런데 이야기를 듣다 보니 문제가 있는 듯싶습니다."

"여기 있는 이 목수의 말에 의하면 숙련공이 부족하다는군."

"흠."

"어디 묘책이 있겠나?"

당광현은 힘없이 물었다.

그는 갑자기 벼룩도 낮짝이 있다는 강호 속담이 떠올랐다.

묻고 보니 자신이 딱 그 꼴이었다.

이 많은 일꾼을 구해 온 것은 하북팽가의 사 공자였다.

그런데 숙련공까지 어떻게 안 되겠냐 묻는다니.

자신이 생각해도 우습게 느껴질 수밖에 없는 상황.

한빈을 본 이소운도 한 발 앞으로 다가와서는 넙죽 고개를 숙인다.

"진룡소협 아니십니까요?"

"허, 이 목수도 오셨군요."

"제가 목수라는 것을 어찌 아셨습니까?"

"방금 대화를 엿들었습니다."

한빈은 사람 좋은 얼굴로 웃었다.

물론 사실은 아니었다. 한빈은 심미호에게 마을 사람들을 조사하라 했다.

심미호는 그들을 조사해서 그들이 하는 일까지 알아냈고, 거기에 따라 적절히 상대한 것이었다.

이소운이 고개를 끄덕이며 답했다.

"아, 그러셨군요. 염치없지만, 진룡소협께서는 방법이 없으신지요? 하긴, 이런 상황에서 방법이 있으실 리가……."

그의 말이 끝나기도 전에 한빈이 답했다.

"있습니다."

"네?"

이소운의 눈이 커졌다.

옆에 있던 당광현도 다급하게 물었다.

"팽 공자, 대체 어떤 방법이 있단 말인가?"

"숙련된 목수와 석공이 있습니다. 그런데……."

"뭐가 문제인가? 빨리 말해 보게."

"그들의 품삯이 조금 높습니다."

"품삯이 높다니, 그게 무슨 말인가?"

"아마 일당백은 몰라도 일당십의 몫은 할 겁니다. 그러니 품삯이 높을 수밖에 없죠."

"그런 숙련된 일꾼을 어디서 구한단 말인가?"

"가까이 있습니다. 혹시 제가 그들의 품삯을 책정해도 되겠는지요?"

"그렇게 하게. 부탁함세."

당광현은 고개를 끄덕였다.

하지만 한빈의 말을 모두 믿는 것은 아니었다.

열 명분을 할 숙련된 목수와 석공을 어떻게 구한단 말인가?

사실 지금의 상황만 해도 고마웠다.

이소운을 비롯한 다른 일꾼들을 구해 오지 못했다면 사천 당가는 허물어진 전각 그대로 겨울을 나야 했다.

하지만 한빈이 일꾼을 구해 온 덕분에 이렇게 한숨을 돌리게 되었다.

한빈은 목수 이소운을 바라봤다.

"내가 기술자를 불러오면 이 목수가 보고 품삯이 어느 정도인지 평가해 주시죠."

"제가요?"

"이 목수는 열 명분의 일을 하는 목수이니 보면 알 것 아닙니까?"

"어떻게 제가……."

"여기 계신 당 소가주와 일꾼들의 대표로 대화를 나누시지 않았습니까? 그 정도면 자격은 충분합니다."

말을 마친 한빈은 당광현을 바라봤다.

그 모습에 당광현이 고개를 끄덕였다.

"나를 믿고 자네가 평가해 보도록 하게."

"네, 알겠습니다요."

이소운이 고개를 끄덕였다.

한빈은 주위를 둘러보더니 손가락을 튕겼다.

딱.

그 소리에 회색 무복의 무사들이 멀리서 달려왔다.

어깨에는 붉은 띠가 매어져 있었다.

그들은 정식 복장을 한 적혈맹호대 대원들이었다.

대주인 소대섭이 당당하게 어깨를 펴고 그들의 앞에서 달려왔다.

그들은 한빈의 다섯 걸음 앞에 멈춰 깊숙이 포권했다.

"주군, 부르셨습니까?"

순간 당광현은 눈을 가늘게 떴다.

그들에게는 다른 무사들과는 다른 분위기가 풍겼기 때문이다.

활활 타오를 것 같은 강렬함과 더불어, 어딘지 모를 어두움마저 보였다.

양기와 음기가 적절히 조화를 이루고 있음이 분명했다.

이것은 당광현이 정확히 본 것이었다.

천수장에서 나는 명물, 즉 극양의 기운을 띤 무말랭이를 삼시 세 끼 먹었던 그들이었다.

누가 봐도 양기가 넘쳐흐를 수밖에 없었다.

거기에 한 달은 햇볕도 못 보고 땅속에서 두더지처럼 생활했었다.

그러니 음기를 띨 수밖에 없는 일.

한빈은 당광현의 눈빛에는 아랑곳하지 않고 부드러운 목소리로 말을 이었다.

"소 대주에게 맡길 임무가 있어."

"네, 말씀하시죠. 주군."

"파견 임무를 나가야겠어. 정확히는 나가는 건 아니지만 말이야."

"파견 임무라니? 그게 무슨 말씀입니까?"

"사천당가의 복구 공사에 목수와 석공이 필요하다네."

"그럼 목수와 석공을 구해 오면 됩니까? 제가 빨리……."

소대섭은 말을 잇지 못했다.

한빈이 손바닥을 보이며 말을 막았기 때문이었다.

"왜, 그러십니까? 주군."

"멀리서 찾을 필요 없잖아."

"네?"

"대주 뒤에 있잖아."

한빈은 소대섭의 뒤쪽에 있는 적혈맹호대 대원들을 가리 켰다.

소대섭은 이해할 수 없다는 듯 고개를 갸웃했다.

"그게 무슨 말씀입니까?"

영문을 모르기는 당광현도 마찬가지였다.

소대섭의 뒤에 있는 자들은 누가 봐도 무인이었다.

무인이 목수와 석공의 기술을 익히고 있다고?

뭐, 그럴 수는 있다.

하지만 돌을 깨고 나무를 깎는 일을 할 시간에 검을 한 번 더 휘두르는 것이 바로 무인이 아니던가?

물론 무인이 석공과 목수의 기술을 익히게 되면 더할 나위 없다.

문제는 그런 자가 강호에 어디에 있을까?

어떤 자들은 검기를 낼 수 있는 무인이 목수와 석공이 하 는 일은 왜 못 하냐고 할 수도 있다.

하지만 그것은 죽이는 것과 살리는 것의 차이만큼 컸다.

무인을 죽이기 위해 무공을 익히는 반면, 목수는 나무를 용도에 맞게 살리기 위해 기술을 익힌 자였다.

물론 석공도 마찬가지고 말이다.

무인에게 일을 시킨다면?

재료를 못 쓰게 만드는 것이 다반사일 것이다.

무인을 잡일을 할 일꾼으로는 써도 숙련공으로 쓸 수 없는 이유였다.

그런데 한빈은 자신의 무력대를 숙련공이라 소개했다.

문제는 무력대의 대주마저도 영문을 모르고 있다는 것.

한빈은 이소운을 바라봤다.

"그럼 적당한 재료로 시험해 보시지요."

"그, 그래도 되겠습니까?"

목수 이소운이 조심스럽게 묻자, 한빈이 피식 웃으며 답했
다.

"얼마든지요."

한빈의 말에 목공과 석공을 시험할 장소가 바로 만들어졌
다.

하지만 적혈맹호대 대원들의 표정은 떨떠름했다.

가장 먼저 시험을 치를 심미호가 조심스럽게 한빈에게 다
가왔다.

"주군."

"왜 그래? 심 부대주."

"저희가 어떻게 목수나 석공의 역할을 합니까?"

"걱정 말고 저기로 가 봐."

한빈은 심미호를 이소운이 있는 곳으로 밀었다.

툭.

한빈의 손에 밀린 심미호는 떨리는 눈으로 시험대를 바라
봤다.

별거 아닌 일이지만, 시험이란 건 항상 긴장의 끈을 조이게 만드는 법이었다.

심미호는 의심 가득한 눈초리로 이소운의 앞에 섰다.

심미호를 본 이소운은 흠칫 놀라며 살짝 뒤쪽으로 물러났다.

아무리 봐도 앞에 있는 여인은 무인이 분명했다.

거기에 미간을 좁힌 것이, 언제든 칼을 뽑아 들 것만 같았다.

이소운이 긴장하고 있을 때, 심미호가 말했다.

"시험이란 게 뭐죠?"

심미호의 말에 이소운의 표정이 풀렸다.

사람을 잡아먹을 것 같은 분위기에 비해 목소리는 나긋나긋했던 것.

"여기 있는 통나무를 제가 금을 그어 놓은 대로 자르시면 됩니다요."

"이 통나무를 선에 맞춰 자르면 된다는 거죠?"

"네, 그렇습죠."

이소운은 통나무를 가리켰다.

그 모습에 심미호는 눈을 가늘게 뜨고 통나무를 바라봤다.

앞쪽에는 여러 개의 톱이 있었다.

심미호는 그중에 가장 가느다란 톱을 잡았다.

순간 이소운은 헛숨을 터뜨렸다.

“허.”

그 소리에 한빈을 따라온 당세령이 물었다.

“왜 그러시나요? 이 목수님.”

“저 톱으로는 저 커다란 통나무를 자르지 못합니다요. 이 시험에는 목수의 기본을 보는 항목도 있습니다.”

“기본이라니요?”

“저 통나무를 제가 만들어 놓은 선대로 자르려면 여러 종류의 톱이 필요합니다. 처음에는 커다란 톱으로 대략적인 윤곽을 잡아야 하고, 두 번째로 세세한 세공을 할 톱을 써야 합니다. 그리고 마지막으로 저 가는 톱으로 나머지 부분을 다듬어야 하는 법이지요. 부류는 세 가지의 톱이지만, 또 자신의 손에 맞는 톱이 있기에 저렇게 아홉 개의 톱을 가져다 놓은 것입죠.”

“그러면, 목수로서의 기본이 전혀 없다는 건가요?”

“네, 그렇습니다요. 가는 톱을 맨 처음 잡는다는 것은 목공의 기초를 아예 모른다는 뜻입니다요.”

“아, 그렇군요.”

고개를 끄덕인 당세령은 조용히 심미호를 바라봤다.

심미호는 가장 조그마한 톱을 들고 나무를 살피고 있었다.

당세령은 속으로 혀를 찼다.

이제까지 한빈이 보여 준 모습이 경이롭기는 했지만, 이것은 무리수였다.

이소운의 말대로 기본기도 없는 무인이 목수의 기술을 흉내 낼 수는 없었다.

모두의 시선이 심미호의 톱에 모였다.

하지만 정작 그녀는 지금 오직 통나무만 보였다.

곧 한 달의 기억이 주마등처럼 스쳐 지나갔다.

아니, 그 전의 기억까지 떠올랐다.

황보세가에 갔을 때도 그녀는 끊임없이 굴을 팠다.

그리고 한 달 전에도 따뜻한 햇볕과 이별을 고한 채 굴속에서 생활했다.

낮에는 통로를 개척하고 늦은 밤이 되어서야 밖으로 나와 잠을 잘 수 있었으니.

그것은 사람이 할 짓이라고는 할 수 없었다.

그 좁은 통로에서 돌과 나무를 깎으면서 생활해 온 심미호였다.

덕분에 지금 잡은 톱과 통나무는 묘하게 친근했다.

좁은 통로에서 지지대를 대던 기억.

조금이라도 지지대의 길이가 달라진다면?

그것은 죽음과 직결되는 문제였다.

심미호가 가장 작은 톱을 잡은 이유는 하나였다.

좁은 통로에서 가장 섬세하게 작업할 수 있던 도구가 바로 작은 톱이었기 때문이다.

심미호는 자신도 모르게 몸속의 진기를 일으켰다.

스스슥.

온몸의 진기가 부드럽게 손으로 흘러들어 갔다.

순간 그녀가 잡은 작은 톱에 희미하게 진기가 맺혔다.

심미호는 그 톱으로 통나무를 썰기 시작했다.

쓱쓱.

통나무가 마치 두부처럼 잘려 나간다.

그 모습을 보던 이소운은 입을 딱 벌렸다.

병기에 어리는 진기는 들어 봤어도 톱에 진기를 담아 작업하는 무인을 처음 봤기 때문이었다.

그가 놀란 것은 심미호가 보여 준 무공 때문만이 아니었다.

심미호는 나무의 결에 충실했다.

목수라 해도 나무의 결대로 작업한다는 것은 어려운 일이었다.

나무의 결대로 작업하면 부드럽게 나무를 재단할 수 있지만, 그것은 불가능했다.

나무는 신체와 똑같아서 일반적인 흐름을 보이지 않을 때가 많기 때문이었다.

예를 들면 사람의 절맥과 같은 것이 나무에서는 옹이로 나타난다.

그것을 피하다 보면 결을 거스르게 되는 것은 다반사였다.

그런데 심미호는 그것을 톱에 진기를 담아 극복하고 있었다.

결을 안다는 것은 십 년 이상 된 숙련공이란 이야기.

거기에 그 이상이 있다.

그때 심미호가 톱질을 멈췄다.

목수 이소운의 눈이 더 커졌다.

"대체 어떻게……."

이소운이 놀라는 이유는 단 한 가지였다.

통나무는 완벽하게 다듬어져 하나의 글자를 만들고 있었다.

그것은 정(正)이라는 글자였다.

이소운이 낸 문제는 완벽하게 해결하라고 낸 것이 아니었다.

자신도 완벽하게 다듬을 수 없는 것이 이번 시험의 과제였다.

자신도 상(上) 정도밖에 깎지 못한다.

정이라는 글자를 깎다 보면 할 수 없이 중간에 부러지게 된다.

그래서 획이 부족한 글자가 만들어지게 되는 것.

이소운은 조심스레 다가가 심미호를 바라봤다.

"대체 어디에서 온 목수십니까?"

"네?"

"이건 적어도 이십 년은 넘은 숙련공의 솜씨입니다. 소문으로만 듣던 거기(鋸氣)라니!"

거기란 톱에 담긴 진기를 뜻한다.

여기서 '거'라는 글자는 말 그대로 톱을 말한다.

'거기'라는 말이 강호에서 흔하지는 않았다.

하지만 아예 안 쓰는 말은 아니었다.

거도의 거는 '거대할 거(巨)'를 쓰기도 하지만 일부 무인들이 들고 다니는 톱니가 있는 칼에 '거(鋸)'를 붙이기도 한다.

물론 당세령도 놀라기는 마찬가지였다.

그 옆에 있던 당광현도 뜻밖의 전개에 눈을 크게 떴다.

그 후 놀라움은 계속되었다.

한 달 동안 굴을 팠던 적혈맹호대 대원들은 훌륭한 목수이자 석공이 되어 있던 것이다.

물론 한빈과 사천에 동행했던 몇몇은 예외였다.

사실 그들도 자신의 기술에 대해서 놀라고 있었다.

그들에 대한 품삯은 무려 다른 목수들의 열 배로 책정되었다.

모든 시험이 끝나자, 이소운은 이 정도의 숙련공이 도와준다면 한 달이 아닌 보름에도 끝날 것이라 장담했다.

그 후 그들은 다음 날을 기약하고 모두 처소로 돌아갔다.

한빈도 마찬가지였다.

한빈이 처소로 돌아와 처음 한 일은 하오문의 성물을 확인하는 것이었다.

다리에 차고 있는 것도 만월.

이 상자도 만월이라니 이해가 안 된 것이다.

한빈은 조심스럽게 상자를 탁자 위에 올려놓았다.

상자가 살짝 흔들린다.

이상한 일이었다.

한빈이 잡고 있으면 조용한 상자가 왜 한빈의 곁을 떠나면 흔들린단 말인가?

한빈은 상자를 자세히 살폈다.

상자의 이음새에는 틈이 보이지 않았다.

대체 어떻게 만들었는지 이해가 안 갈 정도였다.

아무리 훌륭한 대장장이라도 이음새를 없애는 것은 또 다른 문제였다.

다만 상자의 위쪽에 작은 바늘구멍이 있었다.

하지만 그 구멍을 통해 열 수 있다는 생각은 전혀 들지 않았다.

팔짱을 끼고 상자를 바라보던 한빈은 혼잣말을 뱉었다.

"혹시……."

한빈은 자신의 다리에 숨겨 놓은 만월을 꺼내 보았다.

한빈이 만월을 가까이 갖다 대자, 상자가 움직임을 멈췄다.

마치 만월과 상자가 공명하는 모습이었다.

한빈은 한 가지 가정을 해 보았다.

이 두 가지의 물건은 원래 하나라고 말이다.

그렇다면?

한빈은 만월에 용린의 기운을 실었다.

스스륵.

만월이 점점 얇아진다.

한빈은 만월을 상자의 바늘구멍에 찔러 넣었다.

이건 말이 바늘구멍을 통과하는 것과 다름없었다.

하지만 상자가 반응했다.

스르륵.

상자가 열리더니 그곳에서 조그마한 검집이 나왔다.

한빈은 만월을 검집에 끼워 보았다.

착.

마치 잡아당기는 것처럼 검집이 만월을 끌어당겼다.

한빈은 이 두 가지 물건을 합쳐 만월이라 부를 수 있음을
깨달았다.

생각해 보니 기구한 운명의 보물이었다.

검집은 하오문에 보관되었고.

단검은 사천당가에 있다가 혈교에…….

생각이 거기까지 미쳤을 때였다.

갑자기 눈앞에 글귀가 나타났다.

[강호에 흩어진 용린의 보물을 발견했습니다.]

뭐지?

용린검법이 알려 주는 새로운 정보에 한빈은 눈매를 좁혔다.

그때 글귀가 다시 이어졌다.

[용린검법의 하 권에 대한 단서입니다. 무림 칠대기보를 찾으면 하 권을 열 수 있습니다.]

"오호라!"

한빈은 쾌재를 불렀다.

삼 년 내로 용린검법의 하 권을 못 찾으면 무공이 사라질 수도 있다는 경고를 들은 기억이 났다.

그렇다면?

한빈은 잠시 생각에 빠졌다.

지금 걸리는 것은 위씨세가 하나였다.

위씨세가를 제외하고는 자신의 뒤통수를 칠 세력은 보이지 않았다.

과연 어디까지 강해져야 안심하고 살 수 있을까?

그때였다.

다시 글귀가 바뀌었다.

[하 권을 익혀야 진정한 용린의 무인이라 할 수 있습니다.]

글귀를 보며 한빈은 고개를 갸웃했다.

용린검법은 자신을 끝없이 단련시키려고 마음먹은 것 같았다.

그때였다.

누군가 방문을 두드렸다.

똑똑.

방문에 비친 그림자를 보아하니 누구인지 알 것 같았다.

"어서 들어와, 심 부대주."

한빈의 말에 방문이 열렸다.

스륵.

그러지 않아도 검은 얼굴의 심미호는 마치 위장한 듯 어둠 속에 묻혀 있었다.

"네, 주군. 늦은 시간에 죄송해요."

심미호는 한빈에게 정중하게 허리를 숙였다.

그 모습에 한빈은 자신의 옆자리를 바라봤다.

심미호는 조용히 한빈에게 다가와 옆자리에 앉았다.

입술을 달싹이는 심미호의 모습에 한빈이 말했다.

"편안히 말해 봐, 심 부대주."

"그, 그러니까…… 주군, 우리가 이렇게 많이 받아도 되는 걸까요?"

아무래도 낮에 책정된 품삯을 말하는 것 같았다.

한빈은 빙긋 웃었다.

"챙길 수 있을 때 챙기는 게 좋지 않아? 심 부대주 솔직히 고생했잖아. 내가 내린 보상만 가지고 되겠어?"

"헉."

심미호는 헛숨을 들이켰다.

동시에 눈물이 울컥 쏟아지려고 했다

심미호는 감정을 추스르고 조심스럽게 고개를 들어 한빈을 바라봤다.

한빈이 지금 한 이야기는 그 품삯을 개인이 챙겨도 좋다는 말이었다.

갑자기 도라도 깨달은 것일까?

아무렇지도 않게 허공을 바라보는 한빈은 마치 득도한 고승 같았다.

이전과는 다르게 아무런 물욕이 없어 보이는 한빈이었다.

물론 한빈은 허공을 바라보고 있는 것이 아니었다.

그는 새롭게 나타난 글귀를 바라보고 있었다.

[무림 칠대기보 보유 목록 : 용린, 만월]

[용린의 주인에 대한 책임과 권한에 대해…….]

[강호에 흩어진 무학을 찾는 방법이 추가됩니다.]

오늘따라 많은 정보를 뱉어 내는 비급이었다.

글귀를 확인한 한빈이 희미한 미소를 지었다.

비급은 자신에게 끝없는 수련을 원하고 있었다.

한빈이 원하는 강함은 상대적인 힘이었다.

강호에서 자신의 뒤통수를 칠 사람이 남아 있지 않다면 그것이 힘이라 생각했다.

하지만 용린은 그렇게 말하고 싶지 않은 것 같았다.

용린이 가진 무학의 정수를 끝없이 흡수하라 채찍질하고 있었다.

한빈은 그 이유에 대해서 잠시 고민해 봤다.

끝없이 강해져서 무엇을 얻을 수 있을까?

순간 한빈은 눈매를 좁혔다.

용린이 강해지라 자신을 채찍질하는 데는 이유가 있을 것이 분명했다.

그렇다면?

남아 있는 적이 있다는 것이다.

흑룡단주인 암제 말고 다른 적이 있다면?

그 단체의 잔당일 수도 있고 다른 흑막일 수도 있었다.

한빈은 잠시 눈을 감고 전생을 더듬어 봤다.

현생과 전생을 나란히 비교해 보자, 이상한 것이 한둘이 아니었다.

전생에는 마교가 정파에 무릎을 꿇는다.

그리고 강호의 실권을 잡는 것은 정파.

전생의 기억을 더듬던 한빈이 표정을 굳혔다.

다른 흑막이 있을 수도 있다는 생각에서였다.

그것도 잠시, 한빈은 진득한 미소를 지었다.

자신의 뒤통수를 치려는 흑막이 있다면 그 판에 기꺼이 어울려 줄 의향이 있었다.

시시각각으로 변하는 한빈의 표정에 심미호가 조심스럽게 물었다.

"주군, 괜찮으세요?"

"난 괜찮아."

한빈이 손을 아무렇지 않게 내저었다.

잠시 심미호가 앞에 있었다는 것도 잊고 상념에 잠겼다는 점에 묘하게 웃음이 터져 나왔다.

그만큼 심미호를 믿고 있다는 것이다.

전생의 귀검대만큼 지금의 적혈맹호대가 믿음직스럽다는 이야기.

그때 심미호의 목소리가 들렸다.

"주군, 이게 다 저희를 위한 안배인가요? 아니면……."

말끝을 흐리는 심미호의 모습에 한빈이 갸웃했다.

"그냥 편하게 말해 봐, 심 부대주."

"그게 그러니까……."

다시 말끝을 흐리는 심미호.

한빈은 눈을 가늘게 뜨고 말했다.

"이건 부탁이 아니고 명령이야. 지금도 앞으로도 내 앞에
서는 숨기는 일이 없도록 해!"

"주군, 죄송해요."

"그럼 말해 봐."

"저희에게 기술을 터득하게 해 주신 거요."

"기술이라……."

"저희를 목공의 대가이자 석공의 대가로 만들어 주셨잖아
요. 사실 아까는 진짜 감격했어요. 주군이 저희에게 먹고살
길을 열어 주셨다고 생각했거든요."

"흠."

한빈은 팔짱을 꼈다.

심미호의 다음 말이 궁금해서였다.

한빈의 표정을 확인한 심미호는 말을 이었다.

"그런데 생각해 보니 이상하잖아요. 저희는 뼛속까지 무
인. 무공이 아닌 돌과 나무를 다루는 기술이 일취월장했다는
게……."

심미호는 살짝 한빈의 눈치를 봤다.

그 모습에 한빈이 그녀의 말을 받았다.

"그러니까, 무인으로 인정받은 게 아니라 목수과 석공으로
인정받은 게 이상하다는 말이잖아. 그러니까 혹시 적혈맹호
대가 내 전력에서 벗어나는 게 아닌가 하는 의심도 들

고……."

"아, 아니에요. 그런 의심은 아니에요."

"에이, 뭐가 아니야. 얼굴에 다 나와 있는데."

"……."

"지금부터 내가 하는 이야기를 잘 들어."

"네. 경청할게요, 주군."

"옛날에 양수라는 사람이 살았지."

"주군, 양수요? 저는 처음 들어 보는데요."

"아마 그 이름을 아는 사람은 거의 없을 거야. 양수는 석공이었으니까."

"석공이라고요?"

"지금부터 삼백 년도 더 된 이야기지. 그러니까……."

한빈의 설명이 이어지자 심미호는 자신도 모르게 입을 딱 벌렸다.

그 이유는 간단했다.

황궁의 공사에 불려 간 양수는 초일류 석공이었다.

그냥 말만 초일류가 아니라 그는 집채만 한 돌도 마치 두부처럼 힘들이지 않고 다듬을 수 있었다.

지나가다가 그 모습을 본 황제는 그를 불렀다.

물론 그 기술이 신기해서였다.

양수가 말하길, 처음에는 주먹만 한 돌도 다듬기 힘들었다고 한다.

그러다가 십 년이 지나자 돌의 홈이 보이기 시작했다.

그 후 또 십 년이 지나자 결이 보이기 시작했다고 한다.

그 후 또다시 십 년이 지나자 망치와 정이 저절로 움직이는 경지에 이르렀다고 했다.

쉴 틈 없이 설명을 이어 가던 한빈이 조용히 창밖을 바라봤다.

마치 호흡을 가다듬는 듯한 한빈의 모습.

심미호는 재촉하듯 물었다.

"그럼 저희에게 양수라는 석공의 깨달음을 내려 주기 위함이었나요?"

"그 양수가 지금 양가장의 시조인 양무극이야."

"네?"

"황제는 돌을 쪼개는 그의 솜씨를 높이 사서 그를 석공이 아닌 병사로 고용했지. 그것도 백인장으로 말이야. 돌을 쪼개는 솜씨로 적을 쪼개라면서……."

"헉."

"그리고 그때 그가 쓰던 정이 바로 무림 칠대기보인 양극창의 창날이지."

"들어 봤어요."

"당연히 들어 봤겠지. 본 사람은 없어도 말이야."

한빈이 씩 웃었다.

이것은 사실이었다.

무림 칠대기보를 본 사람은 아무도 없었다.

하지만 그것을 모르는 사람은 강호, 아니 중원 전체를 통틀어 아무도 없었다.

물론 거기에 얽힌 이야기를 아는 이는 극소수.

무림 칠대기보가 왜 유명해졌는지에 대해서도 아는 이는 없다.

본 사람도 없는 보물을 한빈은 그중 두 개나 손에 넣었다.

거기에 앞으로 다섯 개를 찾아야 한다.

그때 심미호가 떨리는 목소리로 말을 이었다.

"감사해요. 이제야 주군의 깊은 뜻을 헤아릴 수 있을 것 같아요. 만류귀종이라는 말씀이죠?"

"뭐, 굳이 말하자면……."

"주군, 진짜 충성을 다할게요."

심미호가 깊숙이 포권했다.

그때 문밖에서 울리는 묵직한 함성.

주군!

충성을 다하겠습니다!

심미호는 혼자 온 것이 아니었다.

의문을 떠올린 것은 그녀만이 아니라 적혈맹호대 전체였다.

그들은 심미호를 뒤따라왔으나 조용히 밖에서 기다리고 있었던 것이다.

물론 한빈이 그들의 기척을 눈치채지 못할 리 없었다.

한빈은 어색하게 웃었다.

의문을 해소한 심미호는 재빨리 자리에서 물러났다.

이제는 풀벌레 소리와 바람이 나뭇가지를 훑고 지나가는 소리만 간간이 울렸다.

한빈은 조용히 창밖을 바라보며 나지막이 외쳤다.

"어서 나오시지요!"

한빈의 말에 창밖에서 낙엽 밟는 소리가 울렸다.

사삭.

동시에 가느다란 한 줄기 빛이 창을 타고 넘어왔다.

그 모습에 한빈이 눈매를 좁혔다.

상대는 평범한 외모의 노인이었다.

그냥 보기에는 어디에나 흔히 있는 농부와 같은 복장을 한 노인.

소매는 다 해어져 손을 대면 바스러질 것만 같았고 옷깃은 이미 흔적이 없었다.

다만 그가 피워 내는 현기만이 그가 무림인임을 보여 주고 있었다.

무림인도 그냥 무림인이 아니었다.

암제와 동급.

그렇다면?

한빈은 그의 옷을 다시 한번 바라봤다.

소매 쪽에 희미하게 남아 있는 무늬.

그것은 분명히 태극이었다.

태극이라?

혹시?

의문이 연달아 한빈의 머릿속을 비집고 들어오는 동안에
도 노인은 그저 웃기만 했다.

그 미소에 한빈이 물었다.

"혹시 태극검제 어르신입니까?"

"어찌 알아봤는가?"

"제가 경지를 예측 못 할 분은 그리 많지 않다고 봅니다.
그러니 혹시나 하고 추측해 봤을 뿐입니다."

한빈은 아무렇지 않게 웃었다.

하지만 속은 그렇지 못했다.

무림삼존의 하나인 무당의 태극검제가 눈앞에 있다.

강호인 중 누가 무림삼존 중 하나인 태극검제와 이리 독대
할 수 있단 말인가?

재미있는 것은 전생에도 무림삼존의 얼굴을 본 적은 없었
다는 점.

그때 태극검제가 그윽한 미소와 함께 말을 이었다.

"잠시 나와 보겠는가?"

"네, 알겠습니다."

한빈이 고개를 끄덕이자, 태극검제는 몸을 돌려 밖으로 휘적휘적 걸어갔다.

마치 자기 집이라도 되는 것처럼.

한빈의 처소 앞 연무장.

연무장 한가운데에서 달빛을 받고 서 있는 태극검제.

한빈은 조용히 그를 바라봤다.

자신이 통제할 수 있는 사람이 아니라면 기다리는 것이 맞았다.

그는 적군이 아닌 아군.

한빈이 조용히 바라보고 있을 때, 태극검제는 한빈을 향해 한 발 다가왔다.

사라락.

한빈은 그 모습에 눈매를 좁혔다.

태극검제의 신형이 코앞까지 다가오는 느낌이었다.

그는 그저 한 발을 옮겼을 뿐이었다.

압박감은 전혀 없지만, 눈앞에는 태산이 보이는 것만 같은 착각이 들었다.

피해야 할까?

고민을 떠올리기도 전에 한빈은 미소를 지었다.

한빈은 피하는 대신 안력을 돋워 태극검제의 동작 하나하나를 머릿속에 각인시키려 노력했다.

그때 태극검제의 다시 두 번째 걸음을 내디뎠다.

사라락.

마치 춤을 추는 듯한 보법.

이번 걸음에 한빈의 눈은 커졌다.

한 걸음이 마치 하나의 무공처럼 느껴졌기 때문이다.

한빈의 예상대로였다.

태극검제가 미치지 않고서야 달밤에 자신의 앞에서 춤을 추겠는가?

태극검제의 한 걸음에서 자연이 느껴지는 것만 같았다.

두 번째 걸음을 걷다 멈춘 태극검제가 한빈에게 물었다.

"괜찮겠는가?"

"네?"

"계속 볼 수 있겠냐는 말일세."

"괜찮습니다."

"허허. 선재로다, 선재야."

"······."

한빈은 아무 말 없이 태극검제를 바라봤다.

태극검제는 흐뭇한 표정으로 수염을 한번 쓸어내린다.

그러고는 가볍게 세 번째 걸음을 뗐다.

사라락.

마치 무희가 춤을 추는 듯한 동작.

하지만 거기에 담긴 신묘함은 분명 상승 무공이었다.

보이는 것은 분명 좌로 움직이고 있는데, 마지막에 태극검제가 서 있는 곳은 우측이었다.

뭐지?

한빈이 고개를 갸웃하고 있을 때였다.

사라락.

사라락.

태극검제가 쉴 틈 없이 움직이기 시작했다.

한빈은 조용히 그 모습을 바라봤다.

그는 정확히 일곱 걸음을 걸은 후 멈췄다.

태극검제는 자신의 손바닥을 심장에 대더니 아래로 쓸어내렸다.

그의 손바닥이 단전까지 내려와서는 잠시 머물렀다.

그러고는 길게 호흡을 토해 냈다.

"휴……."

긴 호흡의 끝에 그는 한빈을 향해 다가왔다.

한빈은 그를 향해 살짝 포권했다.

"가르침 감사합니다."

"무엇을 배웠는가?"

"태산을 배웠고 대해를 배웠습니다."

"흠."

태극검제가 수염을 쓸어내린다.

그 모습에 한빈이 물었다.

"왜 그러시는지요?"

한빈이 던진 첫 번째 질문이었다.

태극검제가 한빈을 바라봤다.

그 눈빛에는 여러 가지 감정이 담겨 있었다.

그는 이것이 한빈이 던진 첫 번째 질문이라는 것을 알고 있었다.

삼존 중 하나인 자신이 눈앞에 나타났는데, 이렇게 평정심을 유지할 수 있는 자가 있을까?

평정심을 유지하더라도 아무 말 없이 지켜만 볼 수 있는 자가 있을까?

태극검제가 이곳에 온 이유는 자신의 사제 현문으로부터 서찰 하나를 받고 나서였다.

자신도 어찌 못한 현문에게 깨달음을 내린 도인에 대한 궁금증으로 이곳까지 왔던 것이다.

이곳까지 왔을 때는 말도 안 되는 혈겁이 사천당가를 휩쓴 후였다.

커다란 사건을 목격한 태극검제였지만, 그는 모습을 드러내지 않았다.

그가 이곳에 온 이유는 사건을 수습하기 위한 것이 아니라, 제자에게 깨달음을 준 도인의 정체가 궁금해서였다.

태극검제는 일단 현문에게 깨달음을 준 도인을 찾기 시작했다.

도인은 그리 먼 곳에 있지 않았다.

도인의 정체를 안 태극검제는 잠시 혼란에 빠졌다.

자신의 사제에게 깨달음을 준 도인이 무림세가의 젊은이라는 것이 도저히 믿기지 않았다.

사천당가를 휩쓸고 간 사건보다도 더 충격적이었다.

게다가 인내심으로 따지면 소림의 승려들보다 한 수 위였다.

지금도 평안한 눈빛으로 자신을 바라보고 있지 않은가.

하지만 그보다 더 놀라운 것은 한빈이 자신의 일곱 걸음을 거리낌 없이 지켜봤다는 점이었다.

순간 태극검제의 표정이 바뀌었다.

"내가 이 보법을 처음 봤을 때는 그저 뒤뜰의 돌덩이와 우물을 보았다네. 그런데 자네가 태산과 대해를 봤다 하니 놀랄 수밖에 없네. 거기에 나는 딱 세 보만을 보았네."

말을 마친 태극검제는 기세를 피워 냈다.

갑작스러운 상황에 한빈이 초식을 펼칠 준비를 했다.

한빈이 선택한 것은 당연히……

구걸십팔보.

사사─삭.

표홀한 움직임과 함께 한빈의 신형이 사라졌다.

십대세가의 고수들도 따라잡을 수 없는 움직임.

한빈의 선택은 당연했다.

태극검제가 갑자기 기세를 피워 내서 놀라기는 했어도 살기는 전혀 느껴지지 않는다.

대체 그의 의도는 무엇일까?

혹시 시험?

그때였다.

갑자기 등 뒤에서 느껴지는 진기의 소용돌이.

진기가 태극의 형태를 나타내며 휘몰아친다.

휘휘휭.

마치 태극검제의 손바닥 안에 회오리를 가두어 놓은 듯 진기가 요동친다.

분명히 태극장의 가장 상위 초식이라는 태선장법이 분명했다.

한빈은 자신도 모르게 헛숨을 토해 냈다.

"헉, 이런 제길."

그때 태극검제의 나지막한 목소리가 들려왔다.

"그런데, 자네는 이 보법의 전체를 보더군."

그 말을 끝으로 점점 밀려드는 태극검제의 진기.

그것은 망망대해와도 같았다.

문제는 태극검제가 자신을 어떻게 따라잡았는지도 모르는

상황.

거기에 더해 무당파 최고의 방법으로 자신을 공격해 오고 있었다.

살기가 있든 없든 그것이 문제가 아니었다.

이 수법에 대항하기 위한 초식은 딱 하나.

바로 암제의 목숨 줄을 끊어 버린 역지사지였다.

하지만 한빈은 재빨리 고개를 저었다.

이것은 본능.

거대한 공력을 받아칠 수 있다는 역지사지 초식이 아니었다면?

한빈은 재빨리 용린검법 중 가장 빨리 현 상황을 벗어날 수 있는 초식을 떠올렸다.

'금선탈각.'

순간 한빈의 모습이 그 자리에서 사라졌다.

한빈의 상의만 남긴 채.

한빈의 선택은 줄행랑이었다.

그가 있던 공간을 거대한 기운이 헤집고 지나갔다.

파파팍.

허공에 격돌한 태극검제의 공격.

태극검제가 눈에 이채를 띠었다.

그는 태선장법을 거두고 재빨리 허리에 찬 볼품없는 검을 뽑았다.

스릉.

순간 반대편으로 달아난 한빈도 월아를 뽑았다.

다시 한 발 앞으로 내딛는 태극검제.

이번에는 한빈도 그를 향해 달려들었다.

피할 수만은 없는 법.

이게 시험이라면 한빈이 가지고 있는 실력의 칠 할은 보여 줘야 상황이 끝날 것이었다.

사사—삭.

한빈이 미끄러지듯 앞으로 튀어 나갔다.

용린검법 중 '일촉즉발'의 수법.

태극검제의 검이 천천히 아래로 내려온다.

순간 한빈이 월아를 측면으로 그었다.

휙.

순간 태극검제의 입가에서 피어나는 허허로운 미소.

챙!

태극검제의 검과 월아가 허공에서 맞닿았다.

태극검제는 분명 대나무를 그리듯 검을 아래로 그었는데, 한빈은 측면을 막았다.

그런데 두 검이 맞닿았다는 것은…….

태극검제의 한 수에 태극의 묘리가 담겨 있다는 것.

그 묘수를 한빈은 간파해 냈고 말이다.

태극검제의 입가에 미소가 이어진다.

한빈은 눈을 가늘게 뜨고 태극검제의 눈을 바라봤다.

혹시나 이지를 상실한 것은 아닌지 하는 의심이 들어서였다.

하지만 그의 눈은 허허롭기 그지없었다.

아직은 월아와 태극검제의 검이 맞닿은 상태.

순간 묘한 소리가 둘 사이에 울렸다.

쩌정.

한빈은 슬쩍 월아의 검신을 바라봤다.

그것은 월아가 내는 검명이었다.

그러지 않아도 살짝 금이 가, 임시 조치만 취해 두었던 검신이 비명을 지르고 있었다.

한빈은 슬쩍 자신의 오른손을 바라봤다.

자신의 몸속에 잠들어 있는 용린검을 깨울까 해서였다.

하지만 한빈은 고개를 저었다.

용린검까지 보여 주면 칠 할이 아니라 구 할을 보여 주는 것.

아군이라 할지라도 자신의 속까지 드러낼 필요는 없지 않은가?

그때 다시 월아가 검명을 울렸다.

쩌억.

비명이 극에 달하자 한빈이 재빨리 뒤쪽으로 물러났다.

순간 태극검제의 기세가 바람 빠지듯 사라졌다.

다시 숨을 몰아쉬는 태극검제.

"휴우!"

숨을 몰아쉰 태극검제가 한빈을 바라보며 어색하게 웃었다.

"하하, 미안하네. 부득이하게 자네를 시험해 봤네."

그때였다.

월아의 검신이 힘을 다했는지 마지막 비명을 토해 냈다.

쩡.

그 소리와 함께 월아가 반 토막 났다.

사실 월아는 언제 이리 반 토막이 나도 이상하지 않은 상황이었다.

하북으로 돌아가면 정철민 명장에게 맡겨 수리하려고 했는데 이렇게 된 것이다.

한빈은 쓸쓸하게 입맛을 다셨다.

"시험치고는 너무 과하셨네요."

"흠."

태극검제는 시선을 돌리며 헛기침했다.

그때였다.

태극검제의 뒤쪽에서 현문이 나타났다.

소리 없이 태극검제의 옆으로 다가온 현문이 속삭이듯 말했다.

"사형, 시험은 다 끝나셨습니까?"

"끝났다네. 사제의 말대로 현세에 보기 드문 인제네."

둘의 대화에 한빈이 고개를 갸웃했다.

"일단, 자초지종부터 들려주시는 게 어떠하신지요."

"자초지종이라······."

살짝 말끝을 흐리며 하늘을 바라보는 태극검제.

분명 피하는 모습은 아니었다.

그는 뭔가를 떠올리듯 달을 보며 상념에 빠졌다.

한빈은 태극검제를 재촉하지 않았다.

차 한 잔 마실 때가 되어서야 태극검제는 한빈을 바라봤다.

서서히 열리는 태극검제의 입술.

"자네는 무림삼존에 대해서 어떻게 생각하나?"

"······."

갑작스러운 질문에 한빈은 눈을 가늘게 떴다.

태극검제는 한빈이 대답하기도 전에 말을 이었다.

"내가 말하는 것은 전대 무림삼존이네. 십 년 전에 전대 무림삼존 중 하나였던 전대 태극검제께서 내게 찾아오셨네."

순간 한빈이 자신도 모르게 입을 벌렸다.

은거했다고 전해지기도 하고 실종되었다고 전해지기도 한 전대 태극검제였다.

그런데 그가 현재의 태극검제를 찾아왔다니.

한빈은 슬쩍 현문을 바라봤다.

현문도 그 사실은 몰랐는지 입을 벌리고 있다.

한빈은 표정을 수습하고는 재빨리 물었다.

"혹시 그때 무슨 일이 있었습니까?"

"전대 태극검제께서는 내게 딱 일곱 걸음을 보여 주셨다네."

"그게 혹시……."

"맞네. 그게 자네에게 보여 줬던 일곱 걸음이지."

"그렇다면 아까 세 걸음밖에 못 봤다고 하신 건……."

"그 당시에는 세 걸음밖에 못 봤지. 그 걸음의 뜻을 완벽히 이해한 것은 그로부터 칠 년 후였어. 나는 그 보법을 태극칠성보라고 붙였네."

"그분은 그것을 보여 주기 위해서 나타나신 겁니까?"

"그건 아니라네. 적합한 후인을 찾으라고 했네."

"적합한 후인이라니요?"

"찾게 되면 그 후인에게 무림을 맡기라고 하셨네."

"무림을 맡기다니, 그게 무슨 말씀입니까?"

"흠."

헛기침한 태극검제는 수염을 쓸어내렸다.

그 모습에 한빈이 손을 내저었다.

"말씀하기 싫으시면 안 하셔도 됩니다."

"아닐세. 어차피 자네에게는 다 말해야 할 것 같네."

"제가 들을 필요가 꼭 있을까요? 후인을 찾아서 그분의 전언을 전달하는 것이 맞죠."

"그 후인을 찾았네."

"혹시…….""

한빈은 눈을 가늘게 떴다.

왠지 귀찮은 일과 엮이게 될 확률이 점점 올라가는 상황.

한빈의 계산이 끝나기도 전에, 태극검제가 말을 이었다.

"그게 자네일세."

"저라고요?"

"후인의 첫 번째 조건이 바로 태극칠성보를 완벽하게 보는 자였네."

"그럼 두 번째 조건도 있다는 말씀입니까?"

"두 번째 조건은 태선장법을 완벽히 피하는 자였네."

"그럼 세 번째 조건은 태극혜검을 막는 자였겠네요?"

"어찌 그것을 알았나?"

"헉, 그냥 찍은 겁니다."

"이해했다니 다행이군."

"제가 무슨 이해를 합니까?"

"전대 태극검제의 후인이라는 것을 받아들인 게 아니었나?"

태극검제는 고개를 갸웃했다.

그 모습에 한빈은 이를 악물었다.

전대 태극검제가 무엇을 전하려 했는지 궁금하기는 했다.

하지만 묘하게 짐을 넘겨받는 기분.

한빈의 본능은 틀린 적이 없었다.

암제까지 처치하고 이제는 위씨세가만 경계하면 되는 상황.

이 모든 조건을 듣게 되면 어쩐지 적을 보따리째로 받게 될 것만 같았다.

한빈이 재빨리 말했다.

"저는 일단 빠지겠습니다."

"전 중원의 안위와 관계된 일인데도 무시할 텐가?"

"그건 저와 관계없습니다. 무림의 평화는 어르신들이 지키셔야죠. 저는 가문, 아니 제 주변인들의 평화도 지키기에 버겁습니다."

"좋네. 통과네."

"지, 지금 무슨 말씀입니까?"

"후인은 욕심이 없는 자여야 한다는 조건도 있었네."

"그런데 이해가 안 가는 점이 있습니다."

"이해가 안 가는 점이라니? 말해 보게."

"대체 왜 후인을 찾습니까? 직접 해결하시면 되는 일 아닙니까?"

"전대 태극검제가 날 찾아오셨을 때 그분은 이미 오른쪽 팔을 잃었다네."

"네?"

"그분은 어떤 세력을 쫓고 있었지."

"전대 태극검제께서 누군가에게 당해 팔을 잃었다는 말씀입니까?"

"그렇다네. 그 당시의 전대 태극검제는 지금의 나와는 비교할 수 없는 경지를……. 아니 경지를 논할 수 없는 무위를 지니셨지."

"지금의 어르신보다도요?"

한빈은 질문을 던져 놓고 태극검제를 뚫어져라 바라봤다.

전에 들은 이야기로는, 흑룡단의 단주인 암제는 무림삼존이 한꺼번에 덤벼야 제압할 수 있는 무위를 지니고 있다고 했다.

하지만 그것은 잘못된 말이었다.

현재 태극검제의 무위는 암제보다 더 윗줄이었다.

그 이유는 간단했다.

암제의 경지는 예측할 수 있었다. 하지만 지금 태극검제의 경지는 도저히 예측이 안 되었다.

그런데 지금의 태극검제보다 더 윗줄이라고?

한빈은 힐끔 고개를 돌려 용린검법을 바라봤다.

현재 깨달음으로 넘어설 수 없는 벽이 바로 태극검제였다.

그런 태극검제가 넘보지 못할 벽이 전대 태극검제라는 말이었다.

그런 태극검제의 팔을 날린 세력이라…….

한빈의 표정을 본 태극검제가 못을 박듯 말했다.

"맞다네."

"그럼 더더욱 후인은 따로 찾으셔야겠습니다."

"흠."

"자네는 강해지고 싶지 않나?"

"강해지고 싶지만, 활활 타오르는 구천지옥에 몸을 내던지고 싶지는 않습니다."

"그럼 자네의 의견을 존중하겠네."

"진짜입니까? 어르신."

"그렇다네."

"혹시 한 가지만 질문을 드려도 되겠습니까?"

"말해 보게."

"그 후인이 되면 혜택 같은 게 있습니까?"

"무당파의 한자리를 주겠네."

"……."

"싫은가?"

"싫습니다."

한빈은 고개를 저었다.

무당파의 한자리를 주겠다라?

누가 들었으면 덥석 물었을 법한 제안이었다.

하지만 그 내면을 잘 들여다보면 얘기가 달라진다.

무당파는 소림과 더불어 구대문파의 양대 산맥.

하지만 무당파 내의 자리를 탐내는 것은 멍청한 짓이었다.

사실 장문인 자리를 준다고 해도 거절할 것이었다.

무당을 어디에 내다 팔 수 있다면 장문인 자리를 받아들일 수도 있었다.

하지만 실제로 그런 짓을 했다가는 무림 공적이 되기에 딱이었다.

태극검제는 한빈의 대답이 마음에 들었는지 다시 미소를 지었다.

"역시 욕심이 없군. 선재로다, 선재야."

"……."

한빈은 할 말이 없어 조용히 태극검제를 바라봤다.

태극검제는 허허롭게 웃더니 몸을 돌렸다.

그러고는 아무 일 없다는 듯 자리를 빠져나갔다.

한빈은 그 모습을 멍하니 바라보다 외쳤다.

"일단 계산은 하고 가시죠!"

"계산이라니……. 그게 무슨 말인가?"

"제 애병이 수명을 다했습니다. 어찌하실 겁니까?"

한빈이 자신의 월아를 가리켰다.

순간 태극검제의 눈이 커졌다.

생각지도 못했다는 표정으로 주위를 두리번거렸다.

그러고는 현문을 바라봤다.

"사제."

"네, 사형."

"뒤는 자네에게 맡기겠네."

그 말을 마지막으로 태극검제의 신형이 사라졌다.

사락.

당황한 현문이 재빨리 태극검제를 쫓았다.

현문은 다급히 나와 태극검제를 불렀다.

"사형, 이렇게 가시면 어떻게 합니까?"

"이렇게 가다니, 그게 무슨 말인가? 내 뒷일을 부탁한다고 하지 않았는가?"

"검을 물어내는 게 문제가 아니지 않습니까?"

"그럼 뭐가 문제인가?"

"후인을 찾아야 중원을 지킬 수 있다고 하지 않으셨습니까? 그럼 팽 공자에게 약속을 받아 내야 하지 않겠습니까?"

"무슨 약속을 받아 낸다는 말인가? 나는 줄 것을 다 줬네. 그러니 나는 전대 태극검제의 부탁을 모두 지킨 셈일세."

묘한 태극검제의 말에 현문이 물었다.

"그게 무슨 말씀입니까?"

"나는 그 선물을 깨닫는 데 칠 년이 걸렸네."

"칠 년이라니요?"

"저 아이는 얼마나 걸릴는지……. 내가 보기에는 아무리 빨리도 오 년. 아마 당분간은 사천당가를 떠나지 못할 걸세."

"팽 공자를 왜 잡아 두시려고 하는 겁니까?"

"아껴서 그런다네."

"그게 무슨 말입니까?"

"그 친구에게 전대 태극검제에게 느꼈던 알 수 없는 현기가 느껴지더군."

"대체…….."

"아까 전대 태극검제와 만났던 이야기를 하지 않았나?"

"네, 그러셨죠."

"그때 나는 전대 태극검제에게 후인을 어떻게 찾아야 하느냐고 물어봤다네."

"그 대답에 대해서는 저도 궁금합니다, 사형."

"전대 태극검제가 하시던 말씀이, 보면 알 거라 하더군."

"그럼 딱 보고 팽 공자가 전대 태극검제가 말씀하신 후인이라는 걸 알았다는 말씀입니까?"

"그렇지. 그런데 문제가 생겼지."

"무슨 문제입니까?"

"겨우 전대 태극검제가 부탁했던 후인을 찾았더니 어디로 튈지 모르는 개구리라는 게 문제지."

"흠."

"전대 태극검제는 내게 약속을 했다네."

"무슨 약속을 했습니까?"

"후인을 찾아 놓으면 다시 오겠다고 말이네. 그게 삼 년 남았다네. 그러니까⋯⋯."

태극검제는 한빈에게는 털어놓지 않았던 뒷이야기를 이어 나갔다.

내용은 간단했다.

후인을 찾으면 전대 태극검제가 찾아와서 그에게 깨달음을 전하겠다는 내용이었다.

이야기를 듣던 현문이 고개를 갸웃했다.

"이런 말씀 드리게 뭐하지만⋯⋯."

"말해 보게, 사제."

"아까 말씀하시기에, 전대 태극검제가 한쪽 팔을 잃었다 하지 않았습니까? 그렇다면⋯⋯."

현문은 말끝을 흐렸다.

세상을 뜬 것이 아니냐고 물어보려 했지만, 그것은 사문 전체에 대한 무례였다.

태극검제는 의외로 미소를 지었다.

"그렇게 정색하지 않아도 되네, 사제."

"그게 무슨 말씀입니까?"

"내가 아까 말한 것은 반쯤은 거짓이었네."

"그게 무슨 말씀입니까?"

"전대 무림삼존도 해결할 수 없는 위협적인 세력이 있는 것은 맞지만, 전대 무림삼존은 팔을 잃지 않으셨다네."

"정말입니까? 사형."

"그렇다네."

"왜 그런 거짓말을 하셨습니까?"

"내가 그렇게 충고해 두지 않으면 그 개구리가 가만히 있겠나?"

태극검제는 한빈이 있는 처소 쪽으로 고개를 돌렸다.

그 모습에 현문은 입을 딱 벌렸다.

놀람, 의문 등 모든 감정을 한곳에 모아 놓은 듯한 표정이었다.

현문은 조용히 태극검제를 바라봤다.

"……."

"궁금한 게 많은 표정이네, 사제."

"저는 영문을 모르겠습니다."

"사제도 많이 변했네그려."

"……."

"십 년 전 같으면 분명히 내게 대들었을 텐데. 그래도 성에 안 차면 무당을 뒤집어 놨을 테고. 하하."

태극검제의 말은 사실이었다.

무당파의 망나니라 불리던 현문이 변한 것은 한빈과의 만남 이후.

허허롭게 웃는 태극검제의 모습에, 현문은 고개를 돌렸다.

사형인 태극검제의 말에 틀린 점은 하나도 없었다.

하지만 한빈과의 만남 이후 달라진 현문.

태극검제도 그것을 희한하게 여기는 중이었다.

"놀리지 마십시오, 사형."

"놀리는 게 아니라 칭찬일세. 가능한 한 자네는 사천당가에 남아서 저 친구를 보호해 주게."

"보호라니요?"

"절대 다쳐서는 안 되네. 무림의 미래가 저 친구한테 달려 있네."

"후인이라면서 왜 팽 공자를 못 믿으십니까? 사형."

"감을 잡을 수가 없다는 말일세. 열 길 물속은 알아도 한 길 사람 속은 모른다고 하지 않나. 하북팽가의 저 친구는 깊이가 측정이 안 되더군."

"……."

"나머지는 차차 알 것이니, 나는 이만 가 보겠네."

태극검제는 희미한 웃음을 보였다.

하지만 현문은 안심이 안 되는지 다시 물었다.

"어디로 가십니까?"

"후배들을 만나 몇 가지 부탁을 해야겠네."

말을 마친 태극검제는 자리에서 사라졌다.

현문은 지금 상황이 기가 막힐 뿐이었다.

사형인 태극검제가 한빈에게 준 것이 무엇일까?

옆에서 지켜봤지만, 아무것도 없었다.

현문은 수수께끼를 한 아름 안은 표정으로 한빈의 처소로 발길을 돌렸다.

한빈의 처소 앞 연무장까지 온 현문은 고개를 갸웃했다.

한빈이 상념에 잠겨 있었기 때문이다.

현문은 고개를 갸웃하며 물었다.

"팽 공자, 왜 그러는가?"

"태극검제께서 재미있는 선물을 주고 가셔서 연구 중입니다."

"선물이라니?"

현문은 알 수 없다는 표정으로 묻자 한빈이 바닥을 가리켰다.

"저것을 보시죠."

"대체 무엇을 보라는……."

현문이 말끝을 흐렸다.

연무장의 바닥에는 누군가의 발자국이 선명하게 남아 있

었다.

현묘한 발자국은 분명히 태극칠성보의 흔적이었다.

현문은 그제야 자신의 사형인 태극검제가 남긴 말을 이해할 수 있었다.

현문은 자신도 모르게 혼잣말을 뱉었다.

"그렇다면 오 년 동안 사천당가에……."

태극검제가 남긴 흔적은 상승 무공의 흔적.

무인이라면 저 흔적을 두고 사천당가를 떠날 리 없었다.

그렇다면, 한빈은 이곳에 남아서 저 흔적을 연구할 것이 분명했다.

사천당가에 한빈의 발을 묶어 놓은 상태에서, 태극검제는 가끔씩 들러 한빈을 설득하려 했음이 분명했다.

현문의 말이 끝나기도 전에 한빈이 고개를 갸웃하며 물었다.

"그게 무슨 말씀입니까?"

"아, 아니네."

현문이 당황한 기색을 감추지 못했다.

어찌 보면 이것은 한빈을 후인으로 삼기 위해서 만든 태극검제의 안배였다.

하지만 본인이 듣는다면 기분이 좋을 리 없었다.

무공을 미끼로 사천에 발을 묶어 둔다는 것은 덫 위에 미끼를 던져 놓는 것과 다름없었다.

다행히 한빈은 바로 고개를 돌리고 팔짱을 꼈다.

사실 한빈은 현문의 말뜻을 모르지 않았다.

한빈도 이 선물을 자신의 것으로 만드는 것이 만만치 않다는 것을 알고 있었다.

저 깨달음은 자신의 것으로 만드는 데 시간이 얼마나 걸릴까?

이런 족적을 자신에게 선물로 줬다는 것은 어떤 의미가 있을 터.

한빈은 눈을 가늘게 뜨고 조용히 태극칠성보의 흔적을 바라봤다.

며칠 후 사천당가.

사천당가는 활기를 찾아 갔다.

특급 목수 이소운과 적혈맹호대의 활약으로 무너졌던 전각들은 점점 자리를 잡아 갔다.

사천당가의 가주 당무천은 조용히 고개를 돌렸다.

며칠 동안 한빈의 모습이 보이지 않았기 때문이다.

"광현아, 팽 공자는 어디 있느냐?"

"별채에서 한 걸음도 나오지 않습니다."

"허허, 대체 무슨 일이라더냐?"

"연무장에 서서 하루 종일 바닥만 보고 있다고 들었습니다."

"흠."

"방해가 될까 봐 그곳을 통제하고 있습니다."

"아무래도 내가 가 봐야겠다."

당무천이 무복을 펄럭이며 앞으로 나아가자, 당광현은 급히 그 뒤를 쫓았다.

한빈이 머무는 별채에 도착한 당무천은 연무장을 바라보며 눈을 크게 떴다.

연무장의 한가운데에는 한빈이 석상이 된 것처럼 서 있었다.

당무천은 조심스레 한빈에게 다가갔다.

"팽 공자."

"오셨습니까? 어르신."

"대체 무슨 일인가? 식음을 전폐하고 고민에 빠져 있다 들었네."

"아무것도 아닙니다."

"아무것도 아니긴, 딱 봐도 얼굴이 많이 상한 것 같네."

"아는 분께 선물 꾸러미를 받았습니다."

"선물 꾸러미라……."

"그런데 선물 꾸러미를 풀지를 못하겠습니다. 저게 바로 그 선물 꾸러미입니다."

한빈은 슬쩍 바닥에 있는 흔적을 가리켰다.

순간 당무천의 눈이 커졌다.

한참 동안 흔적을 바라보던 당무천은 재빨리 고개를 돌렸다.

"내가 실수했군. 본의 아니게 남의 무공을 엿보다니……."

"괜찮습니다."

한빈은 손을 흔들었다.

당무천이라고 할지라도 흔적을 통해 무공을 얻는다는 것은 불가능한 일이었다.

하루 이틀에 깨달음을 얻을 수 있다면 이리 고민도 하지 않았다.

이 흔적을 누가 보든 관계없었다.

일곱 개의 발자국은 난제와도 같았다.

누군가 이 발자국을 보고 깨달음은 풀어 주는 이가 있다면 오히려 대환영이었다.

"허허, 무슨 말인지 이해했네."

"언제든 오셔서 보셔도 됩니다. 혹시 단서가 있다면 제게 전해 주시죠."

"알았네."

당무천은 희미한 미소를 지었다.

당무천은 지금의 흔적이 무당의 무공임을 단번에 알아봤다.

사실 그보다 중요한 것이 하나 있었다.

한빈이 이 족적을 통한 깨달음을 얻기 전까지는 사천당가를 떠나지 못한다는 것이었다.

그동안은 하북팽가의 사람이 아닌, 사천당가의 사람이나 마찬가지였다.

그 기간 동안 손녀와 연결을 시켜도 좋고 아예 데릴사위로 삼아도 좋았다.

그렇게만 된다면 사천당가는 최고의 전성기를 누릴 것이었다.

당무천이 웅대한 계획을 머릿속에 띄우고 있을 때였다.

한빈이 기지개를 켰다.

"아, 피곤하네요."

"허허, 쉬엄쉬엄 살펴보게나."

당무천은 흐뭇한 미소를 지었다.

그 미소에 한빈이 답했다.

"신경 써 주셔서 감사합니다. 어르신 말씀대로 쉬엄쉬엄 살펴보겠습니다."

"잘 생각했네. 그러면 잘 익은 백아주가 있는데 한잔 어떤가?"

"그래도 될는지요?"

"허허, 당연하지. 무슨 말을 그리 섭섭하게 하나?"

"그럼 어르신을 따르겠습니다."

한빈은 정중하게 고개를 숙였다.

사천당가의 가주전.

널따란 가주전에 작은 탁자 하나를 놓고 마주 보고 있는 한빈과 당무천.

시답지 않은 이야기가 오가다가 한빈이 눈을 빛냈다.

"어르신."

"왜 그러는가?"

"부탁 하나만 하겠습니다."

"어떤 부탁인가?"

"지난번에 말씀드렸던 제 상태 말입니다."

"음, 그 상태라면……."

당무천은 미간을 좁혔다.

한빈이 말한 그의 몸 상태라면 주화입마에 준하는 중상이었다.

다시는 무공을 쓸 수 없을지도 모르는 상황.

며칠 전에 목수와 석공을 구하면서 본신 진기를 썼다는 소리를 들었지만, 그것은 마지막 힘을 짜낸 것이 분명했다.

한빈의 지금 몸 상태를 떠올린 당무천은 씁쓸한 미소를 지었다.

무가지회의 영웅인 진룡소협의 상태가 그 지경이라고 소문이라도 나면 과연 어떻게 될까?

현재 당무천과 십대세가의 대표들이 그 소문을 꽉 틀어막고 있었다.

그의 표정을 본 한빈이 말했다.

"제 몸 상태를 널리 퍼뜨려 주십시오."

"허, 그게 무슨 말인가?"

"이제는 조용히 살고 싶습니다."

한빈이 욕심 한 점 없는 미소를 입가에 그렸다.

그 모습에 당무천의 눈이 커졌다.

그것도 잠시, 그는 고개를 끄덕였다.

한빈의 의도를 알 것 같았기 때문이었다.

무가지회의 영웅으로 남는다면 수많은 도전자가 그를 찾을 것이었다.

아마도 그는 연무장에 남겨진 족적을 통해 무공을 찾으려 하는 것이 분명했다.

말하자면 누구의 방해도 받지 않는 폐관 수련을 하고 싶다는 말이었다.

당무천은 이렇게 이해하고 만면에 미소를 머금었다.

물론 한빈의 생각은 달랐다.

보이지 않는 적을 상대하는 가장 좋은 방법은 무엇일까?

그것은 자신도 몸을 숨기는 것이었다.

복어처럼 몸을 부풀려 세상에 자신을 드러내기보다는, 어둠 속을 유유히 헤엄치는 미꾸라지 한 마리가 되는 것이 맞았다.

꽃

보름 후.

한빈이 머무는 별채에서는 작은 소란이 일어났다.

당무천이 의관도 제대로 갖추지 않은 채 황급하게 별채를 찾은 것.

그 이유는 간단했다.

한빈이 사천당가를 떠나겠다고 통보했기 때문이었다.

당무천은 도저히 이해가 안 되었다.

별채의 연무장에 남아 있는 무공을 놔두고 한빈이 길을 떠날 줄은 상상도 하지 못했다.

당무천은 놀란 표정을 감추지 못하고 한빈에게 물었다.

"혹시 저 흔적에서 깨달음을 얻었는가?"

"아직입니다."

"그럼 포기했단 말인가? 팽 공자."

"그것도 아닌데요."

"그럼 왜 이대로 떠난다는 말인가?"

미소를 머금은 한빈이 답했다.

"물론 그것도 아닙니다."

말을 마친 한빈은 조용히 뒤쪽을 바라봤다.

그러고는 손가락을 튕겼다.

딱!

용담호혈 (1)

한빈의 손가락 소리에 당무천은 입맛을 다셨다.

누가 나타날지는 뻔했기 때문이다.

자신의 손녀인 청화와 같이 다니는 설화라는 아이가 나타 날 것이 분명했다.

당무천이 무슨 일인지 호기심에 눈을 가늘게 뜨고 있을 때 였다.

한빈의 옆에 검은 그림자가 나타났다.

그 모습에 당무천은 고개를 갸웃했다.

자신이 예상했던 설화가 아니었기 때문이다.

검은 그림자의 정체는 무너진 사천당가의 전각을 복구하 는 과정에서 눈부신 활약을 보여 준 심미호였다.

심미호가 나타나자 당무천은 그녀의 손을 잡았다.

"허허, 인사도 없이 간 줄 알았더니⋯⋯. 정말 수고했네."

무인의 손을 잡는 것은 강호의 예의에서 어긋났지만, 당무천은 그것을 생각할 겨를이 없었다.

사실 아랫사람이라고 하더라도 무방비 상태에서 손을 잡는 것은 예의가 아니었다.

이런 실수를 한 것은 당무천이 심미호를 비롯한 적혈맹호대 무사들을 무인이 아닌 목수나 석공으로 기억하고 있었기 때문이다.

사천당가를 위해 헌신했던 적혈맹호대의 무사들을 당무천은 똑똑히 기억하고 있었다.

하지만 그들은 어제 일이 끝나자 자취를 감추었다.

품삯이야 하북팽가로 보내면 되지만, 사천당가의 가주로서 고마움을 표하고 싶었다.

그런데 이렇게 눈앞에 나타나니 자신도 모르게 손을 잡은 것이다.

심미호가 생긋 웃으며 답했다.

"아니에요. 다 품삯 받고 하는 일인데요, 뭐."

"그래도 그대들이 아니었다면 전각들이 무너진 채로 겨울을 날 뻔했네."

"아니에요, 가주님."

심미호는 손을 내저으며 쓱 한빈을 바라봤다.

시선이 마주치자 한빈이 고개를 끄덕였다.

"실시."

"네, 지시에 따르겠습니다. 주군."

심미호는 휘파람을 불었다.

휘익!

순간, 뒤쪽에서 천천히 걸어오는 적혈맹호대 대원들.

심미호는 그들에게 다가가 속삭이듯 작은 목소리로 지시를 내렸다.

그 모습에 당무천은 조용히 한빈을 바라봤다.

당무천은 한빈이 대체 무슨 속셈인지 알 수 없었다.

그러던 중 마무리 못 한 한빈과의 대화를 떠올렸다.

"그러고 보니 진짜 여기를 떠난다는 건가?"

"네, 나중에 다시 찾아뵙겠습니다."

한빈은 빙긋 웃으며 적혈맹호대 대원들에게 고개를 돌렸다.

그들은 언제 꺼냈는지 사천당가 복구 작업 때 쓰던 징과 망치를 들고 있었다.

그 모습에 당무천은 고개를 갸웃했다.

그때였다.

적혈맹호대 대원들이 연무장으로 다가왔다.

그러고는 매의 눈으로 바닥을 살폈다.

한참을 살피던 심미호가 한빈을 바라봤다.

"이 부분 말씀하시는 거죠?"

"그래, 심 부대주. 다치지 않게 조심해서 작업해."

"네, 걱정하지 마세요."

심미호가 생긋 웃으며 징을 연무장 바닥에 대었다.

그러고는 망치질을 시작했다.

탕.

순간 갈라지는 청강석.

쩡.

순간 당무천은 자신도 모르게 입을 딱 벌렸다.

놀란 것은 그만이 아니었다.

태극검제에게 한빈을 부탁받았던 현문도 눈을 크게 떴다.

현문도 당무천과 마찬가지로 한빈이 당분간은 사천당가에 머물 것이라고 생각했다.

태극검제가 남긴 무공은 도저히 포기할 수 있는 선물이 아니었기 때문이다.

그렇게 안심하고 있었는데 한빈은 생각지도 못한 선택을 했다.

태극검제가 남긴 흔적을 통째로 가져가기로 한 것.

현문은 이런 방법이 있을 줄은 상상도 하지 못했다.

현문이 두 눈을 크게 뜨며 아무 말도 하지 못하는 동안, 한빈과 적혈맹호대 대원들은 분주히 움직였다.

"저기는 조심해서 파내고……. 아니, 아니."

"저희한테 맡기세요, 주군."

"그래, 심 부대주만 믿을게."

한빈은 그 어느 때보다 화사하게 웃었다.

꽃

청강석을 바닥에서 분리하는 작업이 끝나자, 적혈맹호대 대원들은 그것을 마차로 옮겼다.

황당함에 입을 벌리고 있던 당무천이 다급하게 한빈을 불렀다.

"팽 공자."

"네, 어르신."

"이렇게 가면 어떻게 하나? 조금만 더 머물면 안 되겠나? 지금 가면 우리 청화도 서운해할 텐데……."

살짝 말끝을 흐리는 당무천.

한빈은 고개를 갸웃했다.

"그게 무슨 말인가요? 어르신."

"그동안 청화는 자네와 설화를 가족처럼 생각했다네. 이렇게 떠나 버리면 사천당가에 남을 청화가 서운하겠지."

그때였다.

대화를 듣고 있던 청화가 손을 번쩍 들었다.

그 모습에 당무천이 급히 물었다.

"왜 그러느냐?"

"저 섭섭하지 않아요."

"허허."

당무천이 허허롭게 웃었다.

청화가 자신의 친손녀라는 것이 밝혀진 것은 얼마 지나지 않은 일이었다.

청화도 한빈과 설화를 진짜 가족처럼 느낄 수밖에 없는 상황.

그런데 그 인연을 잊고 가족에게 정을 붙이려는 청화의 모습에 묘한 기분을 느꼈다.

당무천의 입가에 웃음이 사라지기도 전에 청화가 말을 이었다.

"저는 공자님 따라갈 거예요, 할아버지."

"헉!"

당무천이 비명을 질렀다.

그때 설화도 손을 번쩍 들었다.

"저도요."

"아."

당무천이 탄성을 흘렸다.

생각해 보니 비무대회 때문에 설화를 양손녀로 받아들였던 것이 지금에서야 기억난 것이다.

당무천은 둘을 물끄러미 바라보다가 품에서 전낭 두 개를 꺼냈다.

그는 전낭을 설화와 청화에게 건넸다.

"이건 할아비가 주는 거니 넣어 두어라."

"가, 감사해요."

설화의 목소리가 살짝 떨렸다.

돈 때문이 아니었다.

설화에게 전낭 속에 있는 물건은 돈이 아닌 정이었다.

그날 밤, 위씨세가의 가주전.

떡 벌어진 어깨에 짙은 눈썹의 사내가 아래를 지그시 바라보고 있었다.

그의 이름은 위상호.

천하 십대세가 중 한 곳인 위씨세가의 가주였다.

그는 지금 사천당가에서 일어났던 일을 보고받고 있었다.

그는 위씨세가의 가주라는 직책 말고 다른 비밀스러운 신분도 가지고 있었다.

지금의 위씨세가를 만든 원동력 중 반은 그 신분 덕분.

그 신분은 바로 암제의 오른팔인 '지선'이라는 이름이었다.

지선은 암제의 바로 밑에 있던 팔선 중 하나였다.

하지만 이제까지 얼굴을 드러낸 적은 한 번도 없었다.

왜 지선이라는 별호로 불렸을까?

그것은 누구도 예측할 수 없는 그의 심계 때문이다.

암제가 암암리에 활동할 수 있었던 힘은 모두 위상호의 머리에서 나온 계략 덕분이었다.

물론 주기만 한 것은 아니었다.

암제에게 받은 것도 있었다.

그것은 막대한 부와 무공 비급.

그것을 바탕으로 천하 십대세가의 반열에 오른 것이 바로 칠 년 전이었다.

턱수염을 쓸어내리는 위상호의 눈빛이 시시각각 바뀌었다.

그 표정을 아는지 모르는지 그의 아들 위지천은 계속 설명을 이어 나갔다.

"그렇게 금와 상단의 상단주가 목숨을 잃었습니다. 솔직히 저도 암제라는 괴인이 어디서 나왔는지 모르겠습니다. 저를 비롯한 누구도 암제라는 인물을 아는 자는 없었습니다."

"진정 아무도 몰랐더냐?"

위상호가 눈매를 좁히며 묻자 위지천이 그제야 뭔가 기억났는지 눈을 크게 떴다.

"아, 그러고 보니……."

"작은 단서라도 괜찮으니 말해 보아라."

"하북팽가의 사 공자와 아는 사이인 것 같았습니다."

"하북팽가의 사 공자라……."

위상호는 눈매를 좁혔다.

암제와 자신의 관계는 가족들도 모른다.

사실 위상호에게는 원대한 포부가 있었다.

그것은 군림천하.

위상호는 암제를 재주 부리는 곰으로 만들고 싶었다.

재주는 곰이 부리고 돈은 자신이 챙길 생각이었다.

하지만 지금 변수가 생겼다.

그런데 그 변수가 꼭 나쁜 일만은 아니었다.

암제의 유산을 가져간 자가 있다면 그것을 빼앗아 오면 되었다.

그것을 뺏는다는 것은 천하를 손에 넣는다는 것과 다름없었다.

지선은 어렴풋이 알고 있었다.

암제의 위에 또 다른 절대자가 있다는 것을 말이다.

그 절대자와의 연결 고리는 암제의 유산이었다.

그것을 차지할 수 있다면 자신이 중원에서 군림할 수 있었다.

가장 중요한 것은 암제의 유산을 찾는 일.

그중에는 무림 칠대기보 중 무려 두 개가 있었다.

여러 가지 이유로 위상호는 자기 아들에게 당시 상황을 상세히 캐묻고 있었다.

하북팽가의 사 공자 팽한빈은 언제부터인가 지선 위상호에게도 요주의 인물이었다.

지선의 위치에서 끝없이 관찰했던 후기지수 중 한 명이었다.

자기 일에 훼방을 놓은 자로 추정되는 후기지수.

하지만 그것은 오로지 추측일 뿐이었다.

고작 스무 살밖에 안 되는 후기지수가 어찌 그런 활약을 펼칠 수 있다는 말인가?

지선 위상호가 하북팽가의 사 공자를 보며 인정하는 것은 오로지 경공밖에 없었다.

그렇다고 암제의 손에서 피할 정도의 수준은 아니었다.

그렇다면 어떻게 암제를 알고 있었던 것일까?

암제의 얼굴을 아는 것은 괴아와 팔선뿐.

그러고 보니 괴아가 관리하는 귀락천의 장원에서도 연락이 끊겼다.

생각을 정리한 위상호가 다시 말을 이었다.

"혹시 하북팽가의 사 공자가 특이한 무공을 펼치더냐?"

"그건 아니었습니다. 다만……."

"다만이라니? 어서 말해 보아라."

"경공이 뛰어났습니다. 암제를 유인해서 같이 동귀어진했습니다."

"그렇다면 죽었단 말이냐?"

"그러니까……."

위지천은 자신의 아비에게 나머지 일들을 상세히 털어놓았다.

위씨세가가 사천당가를 떠나오기 직전까지의 상세한 상황을 들은 위상호가 눈매를 좁혔다.

"그렇다면 하북팽가의 사 공자가 무공을 잃었다는 것이냐?"

"그렇습니다. 오른팔은 앞으로도 쓸 수 없는 것 같았습니다. 그때의 상처는 화타가 온다 해도 치료할 수 없을 정도였습니다."

"음."

위상호는 눈을 가늘게 떴다.

그것도 잠시, 자리에서 일어나 손짓했다.

"수고했으니 그만 쉬어라."

"네, 알겠습니다."

위지천은 재빨리 포권한 후 자리를 빠져나왔다.

사실 위지천이 가장 두려워하는 부분이 하나 있었다.

그것은 금선과 위씨세가와의 관계.

그런데 아비 위상호는 그에 대해서는 일절 되묻지 않았다.

그것도 잠시, 위지천은 고개를 흔들었다.

자신의 아버지 위상호가 하는 일에 실수는 없었기 때문이다.

아들 위지천이 나가자 위상호는 수염을 쓰다듬었다.

마치 바둑판을 보고 고민하는 신선처럼 위상호는 눈을 가늘게 떴다.

그는 지금 계획을 세우고 있었다.

아들 위지천이 걱정하는 금선과의 관계는 정리된 지 오래였다.

금선에게 뇌물을 받지 않은 십대세가의 가주가 있을까?

금선은 그만큼 인맥 관리에 뛰어났다.

조금 더 그와 친밀한 것은 사실이었지만, 그것만으로 의심을 받지는 않을 것이다.

금선과 관련된 인물에 대한 것은 나머지 십대세가의 가주들이 스스로 덮을 것이었다.

이제 남은 문제는 하나였다.

그것은 암제의 유산을 손에 넣을 방법을 찾는 일이었다.

위상호는 수염을 쓰다듬다가 의자의 팔걸이에서 손을 뗐다.

그러고는 의자 팔걸이의 옆에 있는 조그만 원형 장치를 돌렸다.

원형 장치를 돌리자 그의 뒤에 있던 벽이 열렸다.

스르륵.

벽 속은 서책과 조그마한 상자들로 꽉꽉 차 있었다.

그는 서책 몇 권과 상자 몇 개를 꺼내 탁자 위에 올려놓았다.

그러고는 서책들을 뒤지기 시작했다.

이 서책에는 자신만이 알고 있는 무림의 비사들이 기록되어 있었다.

암제와 팔선들이 수집한 정보들이었다.

하오문에도 없고.

개방에도 없는 진귀한 기록들이었다.

서책이 어느 한 곳에 멈췄다.

그것은 십 년 전 어느 사건에 관한 기록이었다.

그 기록을 보던 위상호는 슬며시 입꼬리를 올렸다.

암제의 유산을 찾을 방법을 알아낸 것이다.

자리에서 일어난 위상호는 상자를 열었다.

상자 속의 물건을 유심히 보던 그는 붓을 들었다.

쓱쓱.

붓을 놀리던 그는 봉투 두 개에 서찰을 각각 넣었다.

그러고는 각각의 봉투에 글자 하나를 똑같이 적었다.

살(殺).

글자를 조용히 바라보던 위상호의 입꼬리가 슬며시 올라

갔다.

마치 그림을 그린 후 자신의 작품을 바라보는 화가처럼 만족한 표정을 짓던 위상호는 손뼉을 쳤다.

짝. 짝.

그 소리에 가주전의 천장에서 검은 그림자가 소리 없이 내려왔다.

검은 그림자는 복면을 한 채 눈만 내놓고 있었다.

그는 한쪽 무릎을 꿇고 고개를 숙였다.

마치 명령을 기다리는 사냥개와도 같았다.

그의 이름은 영호(影虎).

그림자 속에서 언제나 상대를 물어뜯을 준비가 되어 있는 위상호의 오른팔이었다.

충성심 가득한 영호의 모습에 위상호가 말했다.

"일어나라."

"네."

"네게 맡길 중요한 일이 몇 개 있다."

"언제든 맡겨만 주십시오."

복면의 사내는 깊숙이 고개를 숙이자, 위상호가 서찰 두 개를 그에게 건넸다.

"여기 있는 대로 하면 된다."

"존명."

서찰을 바라보는 흑의인이 고개를 갸웃했다.

이제까지 두 개의 서찰을 같이 받은 적이 없기 때문이었
다.

흑의인의 모습에 위상호가 말했다.

"실수가 아니다. 딱 하나만 기억하면 된다."

"그것이 무엇입니까?"

"표적이 있는 곳을 용담호혈로 만들면 된다."

"용담호혈이라니요?"

영호의 눈빛에서는 의문이 피어났다.

용담호혈의 뜻을 몰라서 하는 말은 아니었다.

그의 눈빛을 본 위상호가 말했다.

"용과 호랑이가 한판 붙는 모습을 보고 싶지 않으냐?"

말을 마친 위상호는 조용히 어딘가를 바라봤다.

그의 시선이 향하는 곳은 북쪽이었다.

❦

그날 해가 길게 꼬리를 드리우며 기울어 가는 사천의 어느
야산.

한빈 일행은 산자락을 지나고 있었다.

태극칠성보의 흑적이 담긴 청강석 조각 때문인지.

수레바퀴는 힘겨운 비명을 지르고 있었다.

삐걱. 삐걱.

수레를 끄는 말도 힘이 들었는지 콧김을 내뿜는다.

휘이잉.

그 모습에 한빈이 손을 들었다.

"모두 정지. 여기서 자리를 편다."

한빈의 지시에 적혈맹호대 대원들이 분주히 움직이기 시작했다.

한빈은 팔짱을 끼고 주위를 관찰했다.

주변 오백 걸음 이내로는 느껴지는 기척은 없었다.

한빈이 긴장을 풀고 수레에 쌓인 흔적을 확인하려 할 때였다.

광개가 한빈의 옆으로 다가왔다.

"팽 공자, 한 가지 물어볼 게 있네."

"말해 봐."

"혹시 밥은 안 주는가? 아까부터 밥도 못 먹었다네, 친구."

"우리 광개 소협은 알 만한 분이 왜 그러실까?"

"그게 무슨 말인가?"

"중간중간에 육포 줬잖아. 그게 점심이었어."

"흠, 간식이 아니라?"

"그래."

"아, 그렇군……."

광개가 미간을 좁히다가 다시 물었다.

"그럼 한 가지만 더 물어보겠네. 중요한 일은 다 끝나지 않았나? 그럼 하북으로 가는 길은 편하게 가도 되지 않나? 그런데 왜 이리도 급하게 돌아가려는 것인가? 친구."

광개는 진심으로 궁금했다.

암제와의 대결.

그리고 무림세가와 사도련의 화해.

무림 공적이 나타났을 때 사도련과 어떻게 대응할지에 대한 논의.

거기에 사천당가의 복구 작업까지.

급한 일은 모두 끝난 상태였다.

그런데 한빈은 객잔도 지나치고 급하게 하북으로 향하는 중이었다.

광개는 한빈이 급하게 움직이는 이유가 있으리라고 판단했다.

광개의 의문 가득한 표정을 본 한빈이 웃었다.

"왠지 뒤통수가 근질근질해서."

"헉."

광개가 눈을 크게 떴다.

그것도 잠시, 그는 고개를 갸웃하며 자신의 머리를 가리켰다.

"나는 항상 근질거리는데, 그게 이상한가? 친구."

"너는 안 감아서 그런거고."

"그건 팽 공자의 오해라네. 나도 머리를 감았다네."

"언제 감았는데?"

"한…… 일 년 전?"

"저리 가."

한빈이 손을 휘휘 내저었다.

옆에 있던 설화와 청화도 코를 막는다.

광개가 머리를 감싸 쥐며 억울하다는 표정으로 외쳤다.

"우리 개방도 중에는 내가 제일 청결하다네! 그런데 왜 그렇게 나를 몰아붙이나……."

"됐고. 일단 토끼나 잡아 와."

"토끼라니? 그게 무슨……."

"우리 애들이 네가 해 주는 토끼구이 먹고 싶대. 저기 심부대주도 그렇고."

한빈이 고개를 돌려 심미호를 가리켰다.

시선을 받은 심미호가 환하게 웃으며 손을 흔들자, 광개가 헛숨을 들이켰다.

"헉, 내가 고기를 구워 줄 수는 있다네. 그런데 잡아 오는 건 다른 사람을 시켜도 되지 않나?"

"지난번에 네가 그랬잖아."

"내가 뭐라고 했나?"

"토끼구이의 비결은 토끼를 어떻게 잡느냐에서부터 시작한다고."

"내가 언제 그런 헛소리를……."

"표정을 보니 기억나기는 하나 보네."

"……."

광개는 대답 대신 입술을 살짝 깨물었다.

억울하긴 했지만, 한빈의 말이 맞기 때문이었다.

한빈에게 토끼구이의 비법을 숨긴답시고 말한 것이 토끼를 잡는 방법이었다.

토끼를 어떻게 잡든 그게 무슨 상관이란 말인가?

하지만 그건 자신의 입으로 뱉은 말이었다.

지나가는 말을 기억해 뒀다가 이렇게 써먹는 한빈이 얄미울 뿐이었다.

광개는 한참 동안 하늘을 올려다보다가 낙엽 밟는 소리만 남기고 사라졌다.

사사ㅡ삭.

그 모습을 보던 한빈은 피식 웃었다.

그것도 잠시, 한빈은 눈을 가늘게 뜨고 어딘가를 바라봤다.

그곳은 다름 아닌 위씨세가가 있는 방향이었다.

한빈은 사천당가를 떠나면서도 꺼림칙한 기분을 지울 수 없었다.

맛있는 육수에 담긴 국수를 면만 먹고 국물을 맛보지 못한 느낌과도 같았다.

뭔가 개운하지 않은 느낌.

한빈은 그 원인이 위씨세가라고 생각했다.

원래 사람은 고쳐 쓰는 것이 아니라는 것은 강호의 진리.

전생에 뒤통수를 친 가문에 이번 생이라고 다를까.

잠시 후.

광개는 기다란 나뭇가지에 토끼를 주렁주렁 가지고 나타났다.

광개의 이마에는 땀이 송골송골 맺혀 있었다.

구걸십팔보가 강호 최강의 경공술이긴 해도, 해가 거의 넘어간 산자락에서 저리 많은 토끼를 잡아 올 수 있다는 것은 그의 경지가 평범치 않다는 증거였다.

한빈은 슬그머니 적혈맹호대 대원들을 바라봤다.

그 모습에 심미호가 조심스럽게 물었다.

"주군, 왜 그런 표정으로 보세요?"

"생각해 보니 하북으로 가는 동안 적혈맹호대에게 토끼를 잡는 훈련을 시키면 괜찮을 것 같아서."

"그게 무슨 말씀이에요? 식량도 넉넉한데 왜 토끼를 잡아요?"

"저기 광개를 한번 봐. 갈 때랑 올 때의 분위기가 달라진 거 안 보여? 다 훈련의 성과야. 내일부터는 적혈맹호대 대원들은 식사 시간마다 토끼 두 마리를 잡는 것으로 하지."

"네?"

"경공술 익히기 싫어?"

"아무리 그래도……."

"내 덕분에 공구에 진기를 담을 수 있는 경지까지 이르렀
잖아."

"아."

심미호는 입을 벌렸다.

한빈의 말에는 한 점 거짓이 없었다.

처음에 사천당가 아래로 가는 통로에 대한 공사를 맡았을
때는 사실 아무 생각도 없었다.

한빈이 시키니 그냥 한 것이었다.

그런데 그것이 이렇게 기연으로 돌아올 줄은 몰랐다.

돌 한번 잘못 깎으면 통로가 무너질 수도 있는 상황.

통로를 지탱하는 부목을 잘못 다듬어도 영영 햇빛을 못 볼
수 있었다.

그런 절박함 속에 얻은 깨달음이 톱과 정에 기를 싣는 방
법이었다.

톱과 정에 기를 실을 수 있는데 칼에 실지 못한다?

그것은 말이 안 되었다.

덕분에 적혈맹호대의 무력은 한 단계 상승할 수 있었다.

심미호는 매일 식사 때마다 토끼를 잡아야 한다는 사실이

귀찮기는 했지만, 한빈이 깨달음을 주려고 내리는 수련 방법
이라 생각했다.

심미호가 눈을 빛내며 앞으로 어떻게 토끼를 잡아야 하나
를 걱정하고 있을 때였다.

옆에서는 토끼구이가 지글지글 소리를 내며 냄새를 풍기
고 있었다.

어느덧 식사가 끝나고 남은 토끼구이는 하나.

모두가 입맛을 다시고 있다.

물론 그들은 섣불리 남은 하나의 토끼구이에 손을 뻗지 않
았다.

그저 한빈만을 바라보고 있었다.

음식에는 서열이 있는 법이었기 때문이다.

그때였다.

새 한 마리가 모닥불 주변으로 날아왔다.

짹짹.

그 새는 조그만 대롱을 다리에 매고 있었다.

그것은 전서 통이 분명했다.

한빈은 그제야 백미랑이 자신에게 말해 준 것이 기억났다.

백미랑만이 쓰는 연락 방법이라고 했다.

'조조라 했던가?'

한빈은 재빨리 전서 통을 조조라 불리는 새의 다리에서 떼어 냈다.

전서 통에서 쪽지를 꺼내 읽기 시작한 한빈은 고개를 갸웃했다.

그 모습에 설화가 물었다.

"왜 그래요? 공자님."

"조금 묘해서."

"그게 무슨 말씀이에요?"

"보통 지렁이를 밟으면 어떻게 되지?"

"꿈틀하죠."

"그런데 지렁이가 죽은 듯 가만히 있네. 그 이유가 뭘까?"

한빈이 어딘가를 보며 물었다.

물론 그 어딘가는 위씨세가가 있는 방향이었다.

암제와 관계가 있다면 위씨세가가 이쯤에서 움직여야 했다.

하나, 하오문이 보내온 정보를 바탕으로 하면 아직까지는 움직임이 없다고 한다.

한빈은 강태공이 되어 보기로 했다.

하지만 강태공처럼 곧은 바늘을 쓸 수는 없는 법.

거기에 맞는 낚싯바늘과 미끼를 만들어야 했다.

그때 설화가 눈을 빛내며 물었다.

"음....... 혹시 이 문제 맞히면 상금이 있는 건가요?"

옆에 있던 청화도 다급하게 끼어들었다.

"상금 있으면 저도 낄래요."

한빈의 옆에 바싹 붙는 설화와 청화.

한빈이 나지막이 말했다.

"그래, 맞히면 상으로 남은 토끼구이를 주마."

"정말로요?"

"잠시만요. 생각해 보고요."

설화와 청화가 입맛을 다셨다.

그때 광개가 어이없다는 표정으로 그들을 바라봤다.

"허허, 내 요리를 가지고 그렇게 상품으로 쓰다니......."

"에이, 무슨 말을 그리 섭섭하게 하나? 내 손에 들어왔으면 내 요리지."

한빈이 씩 웃을 때였다.

어디선가 사향이 바람을 타고 날아왔다.

코를 씰룩한 한빈은 눈매를 좁히며 고개를 돌렸다.

그 모습에 광개와 설화 그리고 청화도 마른침을 삼켰다.

모두가 긴장하고 있을 때였다.

어둠이 깔린 숲속에서 누군가의 발소리가 들려왔다.

사락. 사락.

잠시 후, 그 소리의 주인공이 모습을 드러냈다.

발소리의 주인은 다름 아닌 백미랑.

그녀는 생긋 웃으며 토끼구이를 가리켰다.

"제가 문제를 맞혀도 토끼구이를 주시는 건가요?"

"한번 맞혀 보시죠."

"지렁이가 누군지는 모르겠지만…… . 제 생각에는 지렁이가 아닐 수도 있다는 생각이 들어요."

"지렁이가 아니라면?"

"음, 머리를 묻고 있는 백년 묵은 구렁이의 꼬리일 수도 있고요. 살짝 삐져나온 용의 수염일 수도 있지 않을까요?"

"…… ."

한빈은 아무 말 없이 백미랑을 바라봤다.

한빈은 사실 백미랑에게 놀라고 있었다.

첫 번째는 은신술에 놀랐고.

두 번째는 남의 말을 엿듣는 지청술에 놀랐고.

세 번째는 상황을 바라보는 그녀의 지혜에 놀랐다.

한빈이 물끄러미 자신을 바라보자, 백미랑이 다급히 물었다.

"제가 토끼 고기를 먹을 자격이 되나요?"

"먹어도 좋습니다."

한빈이 고개를 끄덕이자 백미랑은 아무렇지 않게 기름이 뚝뚝 떨어지는 토끼구이를 잡았다.

그러고는 한 입 베어 물었다.

그녀의 미모와 화려한 복장 때문인지 그 모습은 이상하게 어울리지 않았다.

그런데 토끼구이를 먹는 그녀의 모습은 그렇게 행복해 보일 수 없었다.

그때 조조가 그녀의 어깨로 날아가더니 소리를 냈다.

짹. 짹.

마치 토끼구이를 달라는 듯 물끄러미 아래를 바라보는 조조.

백미랑은 아무렇지 않게 토끼구이를 살짝 떼어 내어 조조의 입에 던져 주었다.

그 모습에 한빈이 말했다.

"계속 따라올 건가요?"

"하북까지는요. 주인, 아니 팽 공자님."

백미랑이 싱긋 웃자, 한빈이 마주 웃었다.

"그럼 밥값 좀 해야겠습니다."

"밥값이라니요?"

난데없는 말에 백미랑이 눈을 크게 떴다.

백미랑이 눈을 크게 뜨자, 한빈이 피식 웃었다.

"큰일을 부탁하려는 건 아니니 안심하시죠."

"뭐, 제가 가진 정보라면 당연히……."

"그게 아니라 토끼 잡는 것 좀 도와주시죠."

"그야 뭐……. 네?"

백미랑은 눈을 크게 떴다.

갑자기 토끼라니 그게 무슨 말인가?

그 모습에 한빈이 말했다.

"우리 적혈맹호대의 대원들에게 토끼 잡는 법을 가르쳐 주시면 됩니다."

"갑자기 토끼라니요?"

"토끼구이 맛있죠?"

"네, 맛있긴 하죠."

백미랑이 토끼구이를 바라봤다.

그 모습에 입꼬리를 올린 한빈이 말을 이었다.

"그러니까요. 요즘 토끼들은 눈치가 빨라서 잡기가 힘드니 백 문주께 부탁을 드리는 겁니다."

"아."

백미랑은 탄성을 흘렸다.

그녀는 한빈의 말뜻을 겨우 해석할 수 있었다.

백미랑은 재빨리 품속에서 전서 통을 꺼내 조조에게 매달았다.

그러고는 휘파람을 불었다.

휘익.

그 소리에 조조가 백미랑의 손을 떠났다.

달빛 아래 조조가 점이 되어 없어지는 것을 본 백미랑은 눈을 가늘게 떴다.

하북팽가의 사 공자는 생각보다 철두철미한 사람이 분명

했다.

토끼라는 것은 적을 말함이 분명했다.

소리 없이 적들을 감시하라는 것이 한빈이 내린 명령이라 생각했다.

백미랑이 조조를 통해 보낸 전서는 다름이 아니라 하오문에 내린 긴급 명령서였다.

지금부터 하오문은 모든 눈과 귀를 열고 열두 시진 내내 강호의 모든 문파를 감시할 것이었다.

어떤 비용이 발생하든.

어떤 희생이 생기든 말이다.

결의에 가득한 백미랑의 표정을 본 한빈은 고개를 갸웃했다.

한빈이 백미랑에게 부탁한 것은 진짜 경공술을 말함이었다.

적혈명호대에 구걸십팔보를 가르치고 싶었지만, 약간의 문제가 생겼다.

구걸십팔보가 생각보다 까다로운 무공이었기 때문이다.

거지들만의 자유로운 생각을 바탕으로 만들어진 것이 구걸십팔보 아니던가?

구걸십팔보를 익히기 위해서는 생각 자체에 한계가 없어야 하는데, 적혈맹호대의 대원들은 이미 다 만들어진 그릇이었다.

사실 방법이 없는 것은 아니었다.

홍칠개는 개방에 적혈맹호대를 일 년 정도 맡기는 것이 어떻겠냐고 제안을 했었다.

당장 써야 하는 무력대를 개방에 맡긴다?

그것은 한빈이 승낙할 수 없었다.

그런데 구걸십팔보에 비견될 만한 경공술을 본 것이다.

어찌 보면 은밀함에서는 구걸십팔보보다 한 수 위였다.

그때였다.

어둠 속에서 누군가가 쓱 한빈의 옆으로 다가온다.

"주군."

살짝 고개를 숙인 이는 이무명이었다.

그는 한빈과 외모가 비슷하게 생긴 덕분에 지금 턱수염을 붙인 상태.

그를 본 한빈이 고개를 갸웃했다.

그는 행렬의 후미에서 경계 임무를 행하는 중이었다.

그런데 갑자기 나타나자 한빈으로서는 의문을 떠올릴 수밖에 없었다.

"이 호위, 무슨 일이지?"

"다름이 아니라……. 저도 배울 수 있을까요?"

"뭘 배워?"

"하오문의 무색칠음보 말입니다."

그의 말에 옆에 있던 백미랑이 눈을 크게 떴다.

그것도 잠시, 백미랑은 표정을 숨기고 말을 이었다.

"무색칠음보라니, 그게 무슨 말이죠?"

"하오문의 문주에게만 전해 내려온다는 전설의 보법 말입니다. 방금 제 옆을 지나가시면서 펼치신 게 무색칠음보 아닙니까? 일곱 걸음 동안에는 어떤 흔적도 어떤 기척도 어떤 향기도 남기지 않는다는 경공술 말입니다."

"……."

백미랑은 눈을 가늘게 뜨며 이무명을 바라봤다.

사실 그녀가 놀란 것은 무색칠음보를 알아봤기 때문만은 아니었다.

무색칠음보를 펼쳐 그를 지나갔는데, 자신의 기척을 들킨 것이 더욱 놀라웠던 것.

그녀의 표정을 본 이무명이 말했다.

"무색칠음보의 단위는 말 그대로 일곱 걸음! 그 중간에 기척을 들키지 않기가 더 힘들죠."

이무명이 웃자 백미랑이 희미하게 웃었다.

"재미있는 분이군요."

"그런 얘기 많이 듣습니다."

"그런데 팽 공자님과의 관계가……."

"호위 무사입니다. 하하."

"형제가 아니고요? 많이 닮았는데요."

백미랑이 눈을 가늘게 떴다. 순간 이무명이 당황한 듯 양

손을 흔들었다.

"주군과 제가 닮았다니요. 절대 아닙니다. 헉."

순간 이무명이 당황한 듯 헛숨을 내쉬었다.

손을 흔들다가 자신의 목에 걸려 있는 줄을 건든 것이다.

줄이 끊어지고.

툭.

이무명이 소중하게 차고 다녔던 가죽 주머니가 바닥에 떨어졌다.

이무명은 가죽 주머니를 잽싸게 주워서 안쪽을 확인했다.

그 모습에 백미랑이 물었다.

"소중한 게 들어 있나 보네요?"

"아, 아닙니다."

이무명이 당황한 기색을 감추지 못하자 한빈이 나섰다.

"비밀입니다."

그 말에 백미랑이 소매로 입을 가리며 웃음을 흘렸다.

"호호. 제가 감당 못 할 비밀 같군요. 하오문 속담에 감당 못 할 비밀을 들을 바에는 귀를 후벼 파라는 속담이 있죠."

"하하, 이해해 주셔서 감사합니다."

이무명이 어색하게 웃자 한빈이 그의 어깨를 두드렸다.

한빈은 그 가죽 주머니에 담긴 것이 무엇인지 알고 있었다.

한빈을 처음 만났을 때는 그것을 주머니 없이 목에 걸고 있었으니 말이다.

그것은 반 토막 난 호패였다.

한빈은 앞으로의 임무가 험할 수도 있으니 소중한 것이라면 감싸라며 가죽 주머니를 건넸었다.

그때였다.

누군가 다급히 달려왔다.

사사—삭.

그 소리에 한빈이 고개를 갸웃했다.

갑자기 달려온 것은 다름 아닌 광개였다.

더 이상한 것은 광개의 손에는 대여섯 마리의 토끼가 들려 있다는 점이었다.

식사도 끝났는데 갑자기 토끼라니?

한빈은 이해가 되지 않았다.

"지금 손에 든 건 뭐지?"

"허허, 토끼라네. 보고도 모르나?"

"그게 아니라, 식사 시간도 끝났는데 왜 토끼 고기를 들고 있냐는 말이야."

"여기 소저가 배고프신 것 같아서 급히 다녀왔지."

"그러니까, 여기 있는 백 문주가 배고플 것 같아서 번개처럼 토끼를 잡아 왔다는 건가?"

"그게 정답일세."

"그 이유는?"

한빈은 짓궂은 표정으로 광개를 바라봤다.

시선을 받은 광개가 슬쩍 눈을 피한다.

그것도 잠시, 광개가 당당히 외쳤다.

"헐벗고 굶주린 자를 보고 피한다면 그것은 강호의 도리가 아니지!"

말을 마친 광개는 토끼를 쥔 채 가슴을 탕탕 쳤다.

그 모습에 한빈은 피식 웃었다.

누가 봐도 사심 가득한 모습이었다.

개방의 분타주가 하오문의 사천 지역 문주를 좋아한다?

본래 하오문과 개방은 견원지간이라 볼 수 있었다.

누구의 정보가 정확하니.

누구의 정보가 더 빠르니 하면서 말이다.

그러니 이것은 예상 못 한 전개였다.

과연 둘의 앞날은 어떻게 될까?

한빈의 의문은 눈 깜짝할 사이에 풀렸다.

백미랑은 기분 나쁜 듯 광개를 바라봤다.

"지금 제 복장을 보고 시비 거시는 건가요? 개방의 하남 분타주님!"

누가 봐도 탐탁지 않은 말투였다.

당황한 광개는 손을 내저었다.

"저는 그게 아닙니다. 배고프신 것 같아서……."

"지금 헐벗었다고 했잖아요."

백미랑은 당당히 자신의 옷을 가리켰다.

딱 붙는 옷 덕분에 잘록한 그녀의 허리가 유난히 도드라진다.

거기에 어깨를 살짝 드러낸 상의는 바람만 불어도 벗겨질 것 같은 착각이 들게 했다.

만월루에서와 마찬가지의 복장.

뭐, 어찌 보면 헐벗은 것은 맞았다.

그때 한빈이 말을 이었다.

"우리와 동행을 하자면 복장은 고쳐야 할 것 같군요. 복장이 눈에 띄는 것은 사실이니까요."

"네, 알았어요."

백미랑이 슬쩍 고개를 숙였다.

그들의 대화에 적혈맹호대의 대원 중 몇몇은 실망의 눈빛을 감추지 못했다.

삼 일 후, 하북의 천화루.

천화루는 하북의 중심가에 우뚝 솟은, 천하제일의 주루다.

한 층 한 층 올라갈 때마다 음식값이 두 배로 뛴다는 천화루.

이곳의 구 층에 불이 켜진 것은 실로 오랜만이었다.

일 년에 두어 번은 불이 켜진다지만, 오늘은 그 분위기가
사뭇 달랐다.

이곳에 불이 켜질 때는 하북을 좌지우지하는 권력자들의
비밀스러운 대화가 오갈 때가 대부분이었다.

하지만 오늘만은 달랐다.

모두가 들떠 있는 표정으로 누군가를 바라보고 있다.

그는 포권하며 모두의 인사를 받기에 바빴다.

"감사합니다, 여러분."

호랑이처럼 딱 벌어진 체격의 중년은 어울리지 않은 미소
를 입가에 그렸다.

그는 다름 아닌 하북팽가의 가주 팽강위.

그가 모두에게 인사를 받는 이유는 간단했다.

십대세가의 대표들 덕분에 하북팽가의 사 공자에 대한 활
약이 가려진 것은 사실이었다.

하지만 그중 몇몇 무용담은 벌써 하북까지 날아왔다.

지금 하북팽가의 분위기는 진시에서 장원을 배출한 것 같
았다.

그때 무씨검가의 가주가 팽강위에게 조심스럽게 물었다.

"사 공자가 진짜 진룡소협입니까? 팽 가주님."

"하하, 그렇다고 합니다."

"무가지회를 들었다 놨다 한 게 진룡소협이라던데……. 그

게 사 공자였다니!"

무씨검가 가주의 표정은 복잡했다.

자신의 딸인 무소율과 파혼했지만, 그 후 한빈과 인연을
맺어 놓았었다.

어찌 보면 아쉽지만, 그 후에 인연을 맺어 놓은 것은 천만
다행이라 생각했다.

하지만 아쉬움이 아예 없다고 하면 인간이 아닐 터.

그는 긴 한숨의 끝에 다시 입을 열었다.

"팽 가주님, 혹시 말입니다."

"말해 보시죠, 무 가주님."

"사 공자의 혼처는 아직 정해지지 않았다고 알고 있습니
다."

"무씨검가와 파혼한 뒤로는⋯⋯."

팽강위는 말끝을 흐리며 슬쩍 무씨검가 가주의 눈치를 봤
다.

팽강위는 이런 날이 올 줄 몰랐다.

자식 농사에 있어서 막내는 버린 패였다.

그런데 그런 막내가 지금은 가문을 빛내고 있는 상황이 되
어 버렸다.

무씨검가와 파혼할 때만 해도 막내가 상대 가문에 버림받
았다고 생각했다.

하지만 지금은 정반대였다.

그때였다.

누군가가 천천히 팽강위 쪽으로 걸어왔다.

순간 팽강위의 눈이 커졌다.

상대는 다름 아닌 하북성의 새로운 성주 조세현이었다.

무림인의 행사에 성주가 직접 방문하는 것은 이례적인 일이었다.

그의 등장에 소란스러웠던 연회는 잠시 잠잠해졌다.

성주 조세현은 미안한 표정으로 손을 내저었다.

"저는 신경 쓰지 마시고 즐기시지요."

그의 말에 다시 사담이 이어졌다.

그때 조세현은 슬쩍 팽강위에게 가까이 붙었다.

조세현이 가까이 오자, 팽강위는 재빨리 포권했다.

"성주 대인 오셨습니까?"

"과한 인사는 하지 마십시오. 그러지 않아도 팽 가주를 뵙고 싶었습니다."

"저를요?"

팽강위는 당황한 기색을 감추지 못했다.

성주는 엄연한 관료.

그가 자신을 보고 싶다고 할 때는 둘 중 하나였다.

하나는 부담을 가질 정도의 부탁을 하거나.

두 번째는 하북팽가를 질책하려는 것.

분명 둘 중 하나의 의도라고 생각했다.

팽강위는 성주 조세현의 표정을 살폈다.

하지만 그의 표정은 묘했다.

당당함보다는 조심스러운 듯 머뭇거리는 조세현.

팽강위는 재빨리 물었다.

"혹시 제게 하실 말씀이라도 있으십니까? 대인."

"한 가지 물어볼 게 있습니다. 팽가의 사 공자는 혼처가 정해졌습니까?"

"혼처라니요?"

"혹시 아직 정해져 있지 않다면 제가 월하노인이 되어 줄 수도……."

성주 조세현의 말에, 주변의 사람들이 소스라치게 놀랐다.

하지만 그것도 잠시, 너도나도 꿀을 발견한 벌처럼 팽강위에게 달려들기 시작했다.

그때부터였다.

팽강위는 난데없는 상황에 진땀을 빼야 했다.

하지만 이 상황이 기분 나쁘지는 않았다.

그렇게 몇 시진이 흐른 뒤였다.

연회장의 문이 갑자기 열리더니 무사 하나가 뛰어왔다.

뛰어온 무사는 낭인왕이자 천리 표국의 국주인 이세명에게 다가갔다.

하북팽가와 천리 표국은 경쟁자이지만, 그 수장인 팽대위와 이세명은 오랜 친구였다.

거기에 더해 이세명은 한빈의 후견인과도 같은 존재였다.

그 무사는 두툼한 서찰을 이세명에게 건넸다.

봉투에서 서찰을 꺼낸 이세명의 표정이 시시각각 변했다.

그는 봉투에서 나무 조각 하나를 꺼냈다.

그 나무 조각을 유심히 살펴보던 이세명의 눈이 커졌다.

갑자기 변한 표정에 이어 그는 기세를 피워 냈다.

그것은 살기였다.

그 살기에 모두가 대화를 멈추고 이세명을 바라봤다.

하지만 이세명은 모두의 시선에 아랑곳하지 않고 어딘가를 바라봤다.

다음 권으로 이어집니다

로또부터 창고까지

게르만 현대 판타지 장편소설

충성! 소위 김대한, 회귀를 명받았습니다!
눈치면 눈치 실력이면 실력
재력까지 모두 갖춘 SSS급 장교가 나타났다!

학군단 출신으로 진급을 꿈꾸는 김대한
거지 같은 상관, 병신 같은 소대원들을 끼고서
열심히 했지만 결국 다섯 번째 진급 심사마저 떨어지고
홧김에 술을 마시고서 만취 후 눈을 뜨는데……

2013년 6월 21일 금요일
오늘 수료일이지? 이따 저녁에 집에서 고기 구워 먹자
삼겹살 사 갈게~^^ -엄마

췌장암 말기로 병원에 있어야 할 어머니의 문자
아니, 12년 전으로 돌아왔다고?

부조리 참교육부터 라인 잘 타는 법까지
경력직 장교가 알려 주는 슬기로운 군 생활!

야산에 묻혀버렸더니

소수림 현대 판타지 장편소설

깊은 산속 옹달샘…… 샘물 마신 신석기
내친김에 100억도 꿀꺽! 연예계도 꿀꺽!

일생을 건실히 살아왔으나
돌아온 건 아내와 장인어른의 배신
둘의 협잡질에 당해 야산에 묻혀 버렸더니……

신비로운 능력과 함께 과거로 회귀!

전 장인어른(?)의 비자금을 빼돌려 코인 대박!

생수와 엔터 사업에까지 손을 뻗는 중에
밝혀진 출생의 비밀은?!

**눈에는 눈, 이에는 이, 뒤통수엔 뒤통수로!
인생을 망친 이들에게 복수하라!**

꿈의 도약, 로크에서 하십시오
(주)로크미디어에서 신인 작가를 모십니다

즐거운 세상, 로크미디어는 꿈을 사랑하고 도전을 두려워하지 않는 작가 분들의 참신한 작품을 기다리고 있습니다. 21세기 장르 문학계를 이끌어 갈 차세대 선두 주자 (주)로크미디어에서 여러분의 나래를 활짝 펴 보시길 바랍니다.

모집 분야 판타지와 무협을 포함한 장르 문학
모집 대상 아마추어 작가, 인터넷 작가
모집 기한 수시 모집
작품 접수 시 유의 사항
1. 파일명은 작가명_작품명.hwp형식을 갖춰 주십시오.
1. 파일에 들어갈 내용은 다음과 같습니다.
   - 성명(필명인 경우 실명을 밝혀 주세요), 연락처, 이메일 주소
   - 제목, 기획 의도
   - A4용지 1장 분량의 등장인물 소개
   - A4용지 2장 분량의 전체 줄거리
   - 본문
1. 작품이 인터넷에 연재되고 있다면, 게시판명과 사이트의 구체적이고 정확한 주소를 기재해 주십시오.

선택된 작품은 정식 계약 후 출판물로 간행되어 전국 서점에 유통됩니다.
작가 분은 (주)로크미디어의 전폭적인 지원하에 전속 작가로 활동하시게 됩니다.
※ 자세한 내용은 로크미디어 홈페이지(rokmedia.com)를 참조하세요.

(04167)서울시 마포구 마포대로 45 일진빌딩 6층
(주)로크미디어 편집부 신간 기획 담당자 앞
전화 : 02) 3273 - 5135
www.rokmedia.com   이메일 : rokmedia@empas.com